Henrik Woelk

Die Symmetrie der Sphären

Für Vera

Herstellung: Books on Demand GmbH

ISBN 3-8330-0749-4

Gesang am Abend

Gedanken wehen durch Straßen, schmutzig zerknitterte Seiten reißerischer Tageszeitungen. Blaugrün das Licht der Straßenlaternen im abendlichen Regen. Geschrei geopferter Kinder steigt zwischen den Fugen der Gehwegplatten auf. Gerade von den Gehwegplatten, die ich so gut kenne, in Jahren über Jahre studiert habe. Fast ist etwas wie Freundschaft entstanden mit dem grau-eckigen Stein. Die Schaufenster sind erloschen und zerworfen. Durch die Auslagen kriecht Moos, Schimmel und Käferstaub. Defekte Trafogeräte in den Kellern der Häuser tragen unmelodisch hohe Töne in die Nacht. Eine alte Frau putzt nicht mehr die Belege von ihrem Gebiss. Eine hohe Regenrinne läuft über und ergießt schmutziges Wasser vor all meine Füße. Männer mit ansteckenden Wunden schlafen in den Straßen. Ein Betrunkener erbricht aus seinem Körper Geranztes. Keine Hose, die noch sauber wäre. An jeder Ecke Nachfragen der Unehrlichkeit. Unrasierter Mundgeruch nässt grindige Geschlechterlippen. Bucklige wachsen in den Leibern. In dem seltenen Moment zerreißt die Wolkendecke und gibt keinen Blick auf einen Mond nur frei. Die Sterne sind in klammer Feuchtigkeit erloschen. Aus dem Boden quillt Gewese. Der Zeitenlauf zuckt in Koliken eines innerkranken Darms. Verbranntes Fleisch hängt in Fetzen über ungereinigten Öfen. Hausböcke unterhöhlen das Dachgestühl. Zum Hafen führt der Weg, als wenn ein Schiff je von hier führe. Kähne liegen als verrenkte Hüften im Hafenbecken. Ein Junge singt und stirbt. Tief im Wasser, im Schlamm des Hafens liegt die Wahrheit. Ein flaches Metall, ähnlich einer Münze, noch immer blank im Trüben, mit zwei ganz unterschiedlichen Seiten. Im Moder verborgen steckt sie fest und spiegelt keine Sonne mehr.
(Juni 1997)

Puzzle

Eine Bewegung wird plötzlich langsamer, Unordnung entsteht im Lauf der Dinge. Handlungen tauchen an anderen Orten reflektiert und in ihrer Umkehrform auf, breiten sich prismenförmig aus. Mit dem Verstreuen der Geschehnisse findet alles bald gleichzeitig statt und jedes ist überall.

Unvermittelt reißt das ab, und er sieht die Welt wieder als Kleinstes. Sooft er es später binden will, passt es nicht auf das Papier. In jahrelanger Kleinarbeit sammelt er die Splitter, ohne Hoffnung, sie zu einem Ganzen zu einen.

(1992)

Wahl der Sphäre

Wir haben uns entschlossen mein Leben zu ändern. Wir werden mein Leben austauschen, wir suchen mir die günstigste Sphäre, die wir finden können. Günstig im Hinblick auf meine Wünsche. Wir suchen mir die Sphäre aus, in der sich die meisten meiner Wünsche erfüllen. Für die Suche verleihe ich meine Augen. Davor muss ich herausfinden, welches meine Wünsche sind.

Da wäre als Erstes diese eine bestimmte Frau, mit der ich in einem erfüllten Liebesverhältnis stehen will. Doch solange wir auch suchen, dies geschieht in keiner Sphäre, günstigstenfalls könnte ich eine Nacht mit ihr verbringen, um danach zu sterben. Wir umgehen das Problem, indem wir eine Sphäre suchen, in der ich mich in eine andere Frau verliebe.

Mit dieser Taktik fortfahrend bestimmen wir alle Bereiche meines Lebens neu, bis ich mich kaum noch wieder erkenne. Einige neue Gewohnheiten muss ich mir zulegen und auf einige Dinge, die mir bisher wichtig waren, muss ich verzichten, doch die Berater versichern mir, dass der Tausch sich lohnt, und ich letztendlich kaum eine andere Wahl habe.

Sie überzeugen mich, in dem sie mir mit meinen Augen sehend die Leben erzählen, die ich hätte, wenn ich nicht auf einiges verzichtete und einiges änderte. Am Ende muss ich einsehen, dass die Verluste, die ich habe, durch Gewinne in anderen Bereichen mehr als ausgeglichen werden.

Dann werden mir meine Augen nur wenig abgenutzt wieder gegeben, und die Berater ziehen sich zurück, während sie mir die Erinnerung an das, was hätte geschehen können und das, was geschehen wird, löschen.

(2003)

schlaflos

Ein Mann fand mehrere Tage und Nächte keinen Schlaf, weil etwas ihn nicht schlafen ließ. Immer wenn er sich gerade hinlegen wollte, fiel ihm eine Sache ein, die er glaubte, unbedingt vorher noch erledigen zu müssen. Als allerletztes wollte er einen guten Freund besuchen, um dann endlich schlafen zu können.

Fast als ein Schlafwandler ging er durch die nächtlich ruhigen und wohltuend verlassenen Straßen der Stadt, klingelte bei seinem Freund und stieg die Treppe zu der Wohnung empor. Nachdem sie sich eine Zeit unterhalten hatten, bemerkte der Mann, dass die Augen seines Freundes merkwürdig verändert waren. Als er ihn darauf ansprach, gab dieser unumwunden zu, der Tod zu sein, der lediglich die Gestalt eines Freundes des Mannes angenommen hatte. Diesen kleinen Trick hatte er angewandt, um ihm das Sterben leichter zu machen.

Erst wollte der Mann sich nicht damit abfinden gestorben zu sein, musste dann aber einsehen, dass dies nicht mehr rückgängig zu machen war. Dann wurde er blind, und sie führten ein langes, offenes und sehr interessantes Gespräch über die Zustände in der Welt, die Zusammenhänge von Dingen und Geschehnissen, und die Pläne, Hoffnungen und Absichten, die der Mann gehabt hätte, wäre er nicht gestorben. Im Verlauf der Unterhaltung wurde auf einmal klar, dass ein Fehler geschehen war. Er hätte noch nicht sterben sollen, der Tod war betrogen worden, hatte sich durch ein Verwirr- und Wechselspiel täuschen lassen.

Nun schlossen der Mann und der Tod einen Bund und ersonnen einen Plan, dem Mann ein Leben wieder zu geben. Dafür rief der in der Maske des Freundes einige Berater zu Hilfe. Die waren zum Teil untereinander verfeindet, so dass Einer einmal hastig den Raum verlassen musste, damit eine Andere ihn nicht bei dem Mann sah.

Zwischenzeitlich lag die Frau seines zukünftigen Lebens neben dem Mann, was ihn sehr beunruhigte, denn er befürchtete, ihr sei etwas Schreckliches geschehen. Alles war sehr verwirrend, und er konnte sich nicht merken, wann er jetzt mit wem redete und wer ihm alles half, aber er wusste, dass nun alles minutiös geplant wurde, und es keine Fehler mehr geben konnte.

(2003)

Der Gesprächspartner

Anaton konnte sich nicht erinnern, wie das Gespräch begonnen hatte, in das er verwickelt war. Sein Gegenüber schien ihm ein Freund zu sein, aber seinen Namen kannte er nicht. Gerade als ihm dies merkwürdig vorzukommen begann, offenbarte sich der Andere ihm als der Tod. Davon war Anaton erschrocken. Zwar waren weder die Situation noch die Umstände unangenehm, aber er fühlte sich nicht bereit zu sterben und wurde verstört von der Erkenntnis, bereits tot zu sein. Der Gesprächspartner mochte Anaton und war neugierig, warum er denn nicht hatte sterben wollen und lachte sehr, als er hörte, dass dies wegen einer Frau sei, hatte aber Verständnis für seinen zweiten Grund: Anaton wollte noch ein Buch schreiben und veröffentlichen. „Das Buch sollst du schreiben. Ich kann dich nicht wieder ins Leben zurück bringen, aber ich kann deinen Tod so arrangieren, dass du denkst, du seiest nicht gestorben. Normalerweise verlässt einer seine Welt und kommt wieder zu sich in vollkommen anderen Umständen. Vielleicht findet er sich auf einem anderen Kontinent wieder, in einer anderen Gesellschaftsklasse oder in einem anderen Zeitalter. Die Menschen um ihn herum sind andere als die, die er kannte, die Weltanschauung ist anders und die Naturgesetze auch. Ich kann den Gefallen tun, dich in einer Welt erwachen zu lassen, in der die Menschen sind, die du aus deinem vergangenen Leben kanntest, wo der Kalender nur wenige Tage verschoben ist, die Gebäude noch dieselben sind und die Zeitschriften auch. Vielleicht wird dir auffallen, dass der eine oder die andere dicker oder dünner geworden ist, dass viele Häuser abgerissen wurden und überall neu gebaut wird, aber das ist auch schon fast alles. Ich setze dich wieder ab in einer Sphäre, die sehr nah an deinem vorherigen Leben ist. So kannst du die Illusion leben, dein Leben fortzuführen und das Buch schreiben, dass du für so wichtig hältst."

Anaton war sehr interessiert an dieser Möglichkeit und bat: „Kannst du denn nicht auch dafür sorgen, dass diese Frau da sein wird und dass wir uns lieben?" Sein Gegenüber lachte wieder und sagte: „Sie ist es, die dich getötet hat. Sie hasst dich, du kannst dir gar nicht vorstellen wie sehr. Zwar könnte ich dich in einer Sphäre absetzen, wo sie ist und ihr euch liebt, aber dafür müssten Jahrhunderte vergehen, und wir hätten mehrere Universen zu durchqueren. Alles wäre so sehr verändert, dass du nicht die geringste Erinnerung an dein vorheriges Leben mehr hättest und sie nicht als die wiedererkennen würdest, die du jetzt vermisst." Anaton bat ihn, es trotzdem zu tun. Der Andere schüttelte den Kopf: „Ich möchte, dass du das Buch schreibst. In der Sphäre, in der ihr zueinander finden würdet, könntest du das nicht, denn da wärt ihr nicht Menschen, sondern Mäuse. Und würdest du dir oder ihr das wünschen? Glaubst du, sie würde dir noch gefallen als eine Maus?

Anaton sah ein, dass dies keine Lösung war. Lieber wollte er auf alle Liebesbeziehungen verzichten und nur das Buch schreiben. Sein Gesprächspartner bot ihm eine andere Frau an, „eine Bessere", wie er versicherte. Anaton lehnte dies lange ab, änderte seine Meinung aber, als er ihr Bild in einem schwarzen Spiegel sah.

Der Tod war froh, dass sie sich geeinigt hatten: „Dann ist jetzt alles zu unser beider Zufriedenheit arrangiert. Im Grunde könnten wir uns jetzt einfach zurücklehnen und den Lauf der Dinge abwarten. Aber so einfach mache ich es dir nicht. Ich werde dir die Erinnerung an unsere Unterhaltung wieder löschen. Die Frau triffst du erst später, wenn das Buch fertig ist. Du wirst sie nicht sofort erkennen, und wenn du sie erkannt hast, wirst du sie erst noch erobern müssen. Es steht noch nicht fest, dass es dir gelingt, du musst dich sehr anstrengen, du musst dich ändern, ein besserer Mensch werden. Und wehe, du behandelst sie nicht gut."

Als Anaton am nächsten Morgen aufwachte, hatte er das Gespräch noch deutlich in Erinnerung. Zu seiner Enttäuschung fand er alle Häuser unverändert, niemand war dicker oder dünner geworden, und er sehnte sich noch immer nach derselben Frau. Das Buch schrieb er trotzdem.

(September 2002)

Besuchzeit

Aus der Zeitung hatte Lennart erfahren, dass Marina im Krankenhaus lag. Er war ihr vor Jahren begegnet und dann nie wieder. Trotzdem glaubte er, sie gut zu kennen. Tatsächlich hatte er alles, was er von ihr wusste, in Träumen oder aus dem Internet erfahren. Die Informationen aus dem Internet hielt er für oberflächlich und so grob verfälscht, dass sie ihre Person eher verschleierten als beleuchteten. Aber er fand, auch dieser Schleier stehe ihr gut, und er war sich sicher, dass es ihm vorgesehen war, ihn ihr abzunehmen. Diese Absicht und noch etwas mehr bestimmte alle seine Handlungen, sogar die Auswahl seiner jetzigen Frau.

Marina hatte in den Jahren eine gewisse Popularität als Bühnenkünstlerin erlangt. Nun wurde sehr indiskret von einer Krebserkrankung der Gebärmutter geschrieben, es bestünde kaum noch Hoffnung für ihr Leben. Daneben war ein Foto gedruckt, dass sie noch gesund, aber unvorteilhaft getroffen zeigte. Lennart fuhr in das Krankenhaus mit Blumen, in der Hoffnung, sie besuchen zu können und wissend, dass sie ihn nicht sehen wollen würde.

Schon als sie noch gesund war, hatte sie seine anfänglichen Bemühungen, sich mit ihr zu treffen, abgelehnt, nun wo sie krank war, wahrscheinlich aufgequollen von Medikamenten und in erbärmlichem Zustand, würde sie ihre Meinung kaum ändern. Gerade Frauen, die gewohnt sind für ihre Schönheit bewundert zu werden, mögen in solchen Situationen keine Besuche außer vielleicht von engsten Vertrauten. Nicht nur gehörte Lennart nicht dazu, sondern er war sich inzwischen fast sicher, dass sie entweder nicht wusste, wer er war oder ihn verachtete.

So stand er mit seinen Blumen in einem Krankenhausflur und bat eine Krankenschwester, in das Zimmer zu gehen und Marina zu fragen, ob er hineinkommen dürfe. Die Schwester kam kopfschüttelnd wieder heraus: „Sie sagt nein." Er gab ihr die Blumen: „Geben sie ihr dann bitte diese Blumen und sagen sie ihr, ich komme morgen wieder."

Zuhause erzählte Lennart seiner Frau die Erlebnisse des Tages und sagte, er müsse sich nun bald von ihr trennen. Seine Frau gehörte zu den wenigen Menschen, die ihn verstanden, wusste dass es unvermeidlich war und akzeptierte seinen Entschluss.

Am nächsten Tag ging Lennart zur Besuchzeit wieder mit Blumen in das Krankenhaus und bat wieder eine Schwester zu fragen, ob er sie besuchen dürfe. Die Schwester kam aus dem Zimmer und sagte: „Sie sagt nein – und dass sie sich zum Teufel scheren sollen." Er war nicht überrascht, gab der Schwester die Blumen und bat sie in einem Tonfall, dem sie nichts ausschlagen konnte: „Sagen sie ihr, da war ich schon – nachdem ich erfahren habe, dass sie dort gewesen ist." Und wirklich hatte es ihm viel Kummer bereitet, dass sie ausgerechnet dorthin für ein Tauschgeschäft gegangen war, und er hatte deswegen viele schwierige Verhandlungen in verschiedene Richtungen mit teilweise bitterem Beigeschmack führen müssen.

Auch am dritten Tag wollte Marina ihn nicht sehen. „Sie lässt ihnen ausrichten, es täte ihr leid, es sei Pech gewesen, aber nun ist es zu spät." Er gab der Schwester die Blumen: „Bitte sagen sie ihr – sie werden es doch behalten?" Er schaute ihr in die Augen und wusste, dass sie es wortgetreu ausrichten würde: „Es ist nicht die Hölle, in der wir uns wieder treffen und auch nicht der Himmel. Es ist einfach nur ein anderer Kontinent. Sie wird mich daran erkennen, dass ich ihr vage vertraut vorkomme." Als er schon einige Schritte entfernt war und die Krankenschwester vor der Zimmertür stand, drehte er sich noch einmal um: „Sagen sie ihr auch, ich bin sicher, dass wir dann mehr Glück haben werden." Dann verließ er das Krankenhaus und kam nicht ein viertes Mal.

Zur Überraschung der Presse wurde sie nach einem operativen Eingriff weites gehend wieder gesund und erlangte auch ihre Schönheit wieder, die jetzt nicht mehr makellos war, aber eine neue Tiefe bekommen hatte. Bald stand dort zu lesen, dass Lennart und Marina ein Paar wurden, und es wurde über ihre ungewöhnliche Hochzeitsreise geredet, die sie in getrennten Flugzeugen in verschiedene Hotels einer großen Stadt eines anderen Kontinents unter falschen Namen in verwegenen Kostümierungen antraten. Sie brauchten Wochen, bis sie es endlich schafften, sich dort zu finden.

Marina hatte sich das ausgedacht, weil sie ihm – zum Unwillen ihres gemeinsamen Therapeuten – schenken wollte, dass seine Worte sich erfüllten.

(September 2002)

Tauschgeschäfte

Mephisto: *Jetzt ohne Schimpf und ohne Spaß:*
              Ich sag' Euch, mit dem schönen Kind
              Geht's ein für allemal nicht geschwind.
              Mit Sturm ist da nichts einzunehmen;
              Wir müssen uns zur List bequemen.
              (Johann Wolfgang Goethe: Faust)

              Oder bedeutet das letzte Geheimnis ganz einfach, dass
              es tatsächlich einen interstellaren Kanal gibt, in dem
              Du Dich durch Metaprogrammieren Deines Nerven-
              systems eintunen kannst?
              (Robert Anton Wilson: Cosmic Trigger)

Kurz nach Ladenschluss saß ich in den Kellerräumen der Buchhandlung meines Freundes Ricardo, wo ich ungestört meinen Recherchen nachgehen konnte. Im Verkaufsraum über mir sortierten die Angestellten noch einige Bestände, und ich erwartete in wenigen Minuten das Verschließen der Geschäftstür von außen zu hören. Um so überraschter war ich, als auf einmal ein Mann neben mich trat und höflich grüßte.

Die Selbstverständlichkeit mit der er auftrat und sein gutsituiertes Äußeres ließen mich annehmen, dass er kein Angestellter sondern ebenfalls ein Freund von Ricardo war. Mit der Andeutung eines Lächeln ignorierte er meine diesbezügliche Nachfrage und sagte: „Ich bin hier, um dir einen Gefallen zu tun." Während ich noch überlegte, ob Ricardo anderen von meiner Arbeit erzählt hatte, und warum er mir unangemeldet einen Informanten schickte, sagte dieser: „Es hat nichts mit deiner Arbeit zu tun, sondern mit deinen Wünschen, die sich – unter uns gesagt – durch noch so eifriges Lesen und Blättern in Büchern nicht erfüllen werden. Aber vielleicht kann ich dir helfen, vorausgesetzt, du bist aufrichtig mit mir. Nenne mir deinen sehnlichsten Wunsch!"

Ich hatte mich zu den Büchern in diesen Kellerräumen geflüchtet, um die schweren Gedanken an eine unerwiderte Liebe, die mich seit einigen Monaten plagten, aufzulösen. Den Fremden ging das sicherlich nichts an, aber in dieser Situation war ich, wie viele unglücklich Verliebte, auf einmal von einer irrationalen Hoffnung erfüllt, die gepaart war mit der Wahnidee, dass möglicherweise dieser Fremde ein Mittelsmann der ersehnten Frau sein könnte. Also antwortete ich ohne Überlegen und Zögern: „Ich will Estefanina de Mocho für mich gewinnen, ihre Liebe erfahren und sie zu meiner Frau machen." Der Andere antwortete: „Das ist alles? Kein Problem, das lässt sich einrichten." Gleich einem Fieberkranken rief ich: „Tatsächlich? Wann kann ich sie sehen?"

Der Andere nahm seinen Hut ab, setzte sich zu mir an den Tisch. „Einen Moment, nicht so hastig junger Freund. Gemeinsam werden wir dieses Ziel erreichen, aber erst einmal muss ich die Umstände prüfen und sehen, was zu tun ist, um die entscheidende Entwicklung in Gang zu setzen." Etwas ernüchtert fragte ich: „Sie kennen sie also nicht? Sie sind nicht von ihr geschickt?" Der Herr lachte fröhlich, sagte: „Nein, ich kenne sie nicht, aber du wirst mir von ihr erzählen und dann werde ich einen Weg finden, wie das Ziel zu erreichen ist."

Besessen von der Hoffnung, meinen Wunsch erfüllt zu sehen, erzählte ich dem Fremden in mehreren Stunden jede Einzelheit der unglückseligen Verstrickung mit Estefanina, die ich bisher noch nicht einmal in Andeutungen einem Freund offenbart hatte. Als ich meinen Bericht beendet hatte, saß der Andere eine Zeitlang nachdenklich und schweigsam und sagte dann: „Das wird schwieriger als ich erst dachte." Er sah die Enttäuschung in meinem Gesicht und beschwichtigte mich gleich: „Jedoch, es ist möglich. Allerdings hat es seinen Preis, du musst etwas dafür geben."

Gereizt erwiderte ich: „Was wollen sie von mir? Ich habe kein Geld." Der Herr wiegelte ab: „Oh nein, ich will gar nichts, und Geld hilft in dieser Angelegenheit nicht weiter. Es hat einfach seinen Preis, den Lauf der Dinge zu beeinflussen. Aber du bist jung, sportlich, gesund und hast viele Talente, es wird dir nicht schwer fallen, den Preis zu zahlen. Allerdings rate ich zu etwas Geduld. Zum jetzigen Zeitpunkt ist die Situation so ungünstig, dass du beinah alles geben müsstest, um dann nach der ersten oder zweiten Liebesnacht mit ihr zu sterben. Aber in weniger als einem Jahr ist die Situation sehr viel günstiger, dann könntest du Estefanina für sehr wenig bekommen." War ich eben noch von der fiebrigen Hoffnung erfüllt, sie im nächsten Moment zu sehen, rief ich jetzt entsetzt aus: „Ich soll noch ein ganzes Jahr warten!" Mein Gegenüber lächelte und sagte: „Was ist schon ein Jahr, wenn du bedenkst, dass noch heute Nachmittag Estefanina unerreichbar für dich war. Habe Geduld, nutze die Zeit für deine Studien. Dann wirst du sie später ganz für dich haben. Kinder werdet ihr allerdings nicht haben können, das ist schade, ich hätte dir Kinder gegönnt. Aber das lässt sich nicht einrichten, denn in der Zwischenzeit wird ihr die Gebärmutter entfernt und gerade da verlässt sie ihr Mann, wo sie ihn am meisten gebraucht hätte. Das ist hart für sie, sie hat ihn sehr geliebt. Aber dann ist der Weg frei, und wenn ihr euch erst getroffen habt, wird sie ihn bald vergessen haben, dann liebt sie nur noch dich. Es mag dir schwer fallen, ein Jahr zu warten, aber für sie ist diese Zeit sehr viel härter." Ich unterbrach ihn: „Ich will nicht, dass es ihr schlecht geht, so möchte ich sie nicht gewinnen." Mein Gesprächspartner schüttelte bedauernd den Kopf: „Tut mir leid, das kannst du nicht entscheiden. Sie hat ihre eigenen Abmachungen getroffen, und der Preis muss bezahlt werden. Aber ich versichere dir, auch wenn ihr keine Kinder haben könnt, so werdet ihr sexuell doch außergewöhnlich gut miteinander harmonieren und euch gegenseitig neue Ebenen eröffnen. Du wirst es mögen und ihr werdet viel Kraft daraus schöpfen. Und ich sage dir im Vertrauen: Kinderlosigkeit ist nicht der schlechteste Weg. Warte auf sie, und sie wird dich lieben, nur dich, viele Jahre bis zu eurem gemeinsamen Tod. Und das alles kannst du fast geschenkt haben."

Bekümmert, nachdenklich und sogar misstrauisch fragte ich ihn: „Was ist der Preis dafür?" Er schaute mich kurz an und sagte dann leichthin: Deine Haut wird etwas empfindlicher werden, du wirst einige Kilo zunehmen, dir eine leichte, aber schwer heilbare Verletzung am Knie zuziehen, die dich aber nicht am Laufen hindert. Vielleicht wirst du nicht mehr so tanzen können wie jetzt, aber fast, du musst nur zwei, drei Bewegungen vermeiden. Darüber hinaus verzichtest du auf eine akademische Laufbahn, die Begabung dazu verlierst du ebenso wie einige Haare, aber es bleiben dir genug, du hast noch sehr volles Haar. Und du wirst einen anderen Beruf finden müssen. Du hast seit längerem einen Fotoapparat und ein eigentümliches Talent. Warum versuchst du es nicht als Fotograf, das wird dir Freude machen. Diesen Hinweis gebe ich dir gratis." Erstaunt fragte ich nach: „Das ist der Preis? Eine empfindlichere Haut, eine Knieverletzung, einige Kilo mehr, einige Haare weniger und keine akademische Laufbahn?" Der Andere bestätigte: „Ja, das ist der Preis. Und etwas Geduld, das darfst du nicht vergessen, nur deswegen ist es so günstig." Etwas irritiert erkundigte ich mich: „Und es wird sie nicht stören, das ich etwas dicker bin, weniger Haare habe und nicht mehr ganz so tanzen kann? Immerhin haben wir uns beim Tanzen kennen gelernt." Der Andere beteuerte: „Aber nein, überhaupt nicht. Im Gegenteil, jetzt bist du viel zu dünn für einen Mann, außerdem musst du nicht dicker werden, wenn du trainierst, wirst du kräftiger und nimmst so die notwendigen Kilo zu. Die paar Haare weniger werden

kaum auffallen. Und die kleine Einschränkung beim Tanzen wird es dir leichter machen, mit anderen zu tanzen." Erleichtert willigte ich ein: „Wenn das so ist, will ich diesen Preis bezahlen." Und reiche dem Anderen meine Hand. Der schlägt nicht ein, sagt: „Moment, eine Kleinigkeit ist da noch, das darf ich nicht verheimlichen. Du wirst zu dem Zeitpunkt, an dem du Estefanina für dich gewinnen kannst, in eine andere verliebt sein, die du in der Zwischenzeit kennen lernst. Und wenn du dich für Estefanina entscheidest, wirst du die andere für immer verlieren." Mit dem Fieber eines ungesund Verliebten rief ich: „Ich will keine andere als Estefanina lieben, nehmen sie schon meine Hand!" Der Andere nahm meine Hand, sagte: „Abgemacht. Der Handel gilt. Aber später wirst du die andere wollen." Merkwürdig euphorisiert sagte ich: „Dann ist es gut, dass ich meine Entscheidung heute und nicht später treffe, denn anscheinend bin ich später ein Idiot." Mein Gegenüber lachte wie über einen gelungenen Witz und sagte dann ernst: „Nein wirklich. Und weil du ein netter Kerl bist, lasse ich dir die Wahl. Wenn die Zeit gekommen ist, kannst du immer noch zwischen Estefanina und der anderen wählen. Nur musst du wissen, dass der Preis auch gezahlt werden muss, wenn du dich entschließt, auf Estefanina zu verzichten."
Am nächsten Morgen wurde ich von Ricardo geweckt. Da er von keinem gutsituierten Herrn in den Kellerräumen seiner Buchhandlung wusste, nahm ich an, geträumt zu haben.
Im Laufe der nächsten Monate führte ich einige Projekte zu Ende, die ich schon lange vor mir her geschoben oder in Schubladen vergessen hatte. Beinah jede Nacht träumte ich von Estefanina und konnte mir nicht vorstellen, dass dies nichts zu bedeuten hatte. Zweimal traf ich sie zufällig im Vorübergehen, ohne dass sich mein Wunsch erfüllte, und ich sagte mir: „Die Zeit ist noch nicht reif." Gern verbrachte ich die Nächte in den Kellerräumen der

Buchhandlung, weil sie mir dort nah schien. Nach einem knappen Jahr begegnete ich bei einer scheinbar belanglosen Alltagstätigkeit Indra, die mir wegen ihrer außergewöhnlichen Schönheit auffiel und mich beunruhigte. Nun war es so, dass ich trotz ausgezeichneter Sehschärfe kaum in der Lage war, das Wesen der Menschen zu erkennen. Darum hatte ich einen Fotoapparat erhalten und die Fähigkeit, mit Hilfe der Fotos zu sehen. Ich trug ihn meistens bei mir, als meinen Blindenhund gewissermaßen. Unter dem Vorwand, in ihr das passende Gesicht für eine Fotoausstellung gefunden zu haben, bat ich sie, einige Aufnahmen von ihr machen zu dürfen, und sie willigte ein. Als ich die entwickelten Fotos in der Hand hielt, war ich augenblicklich hypnotisiert. In einigen ihrer Züge entdeckte ich eine geringe Ähnlichkeit zu Estefanina und verstand, dass ich dadurch getäuscht worden war. Estefanina hatte mich gefesselt, weil ich im Tanz mit ihr die Begegnung mit Indra vorausgesehen hatte und dann irrtümlich glaubte, dies wäre bereits die Begegnung gewesen.

(Januar 2003)

Die Gefährtin

Nie hatte ich zu einem Wahrsager gehen wollen. Doch irgendwann auf einem Jahrmarkt, als ich des Achterbahnfahrens und der Spiegelkabinette überdrüssig war, stand ich vor der Bude eines Hellsehers, der so offensichtlich ein Betrüger und Scharlatan war, dass ich nicht die geringsten Bedenken hatte, ihm ins Innere zu folgen, um mich für ein wenig Geld unterhalten zu lassen.

Der kleine Raum war schlecht erleuchtet, ich sah nur einen Tisch, zwei Stühle und einige bunte Papierwimpel oder Ähnliches an den Wänden. Der Andere nahm auf einem Stuhl Platz und bot mir den gegenüberliegenden an. Dann setzte er sich in großer Geste einen Turban auf und schlug einen blauen Umhang um sich, und ich freute mich, dass mir für mein Geld ein wenig Kostümierung geboten wurde. Um einen Tonfall zwischen geheimnisvoll und dramatisch bemüht, sagte er: „Ich habe dich erwartet. Nur für dich ist dieser Raum gebaut. Zahle den Preis und stelle mir deine Frage!"

Ich steckte das Geld in eine Büchse, die er mir hinhielt und zögerte, denn eine Frage hatte ich mir noch nicht überlegt. Die Zukunft wollte ich nicht wissen, selbst von einem Betrüger nicht, daher entschied ich mich, nach etwas Allgemeinerem zu fragen und sagte: „Was ist der Tod?"

Er sah mich an, lächelte nachsichtig und antwortete: „Die Frage ist richtig, aber du hast sie schlecht formuliert. Den Tod zu erklären, würde lange dauern, und noch länger würde es brauchen, bis du es verstehst. Auch sitze ich nicht hier, um die Gesetze des Universums zu erklären, sondern um dir eine Auskunft über dich zu geben. Ich nehme an, du willst wissen, wie du stirbst."

Schnell antwortete ich: „Nein, dass möchte ich nicht wissen. Ich möchte nichts über meine Zukunft erfahren." Der Jahrmarktkünstler wiegte den Kopf, als sei er nachdenklich und sagte: „Da du schon bezahlt hast, und ich dir eine Auskunft geben muss, kann ich dir etwas aus deiner Vergangenheit erzählen, wenn du nichts über die Zukunft erfahren willst." „Das wäre mir wesentlich lieber", stimmte ich erleichtert zu.

Er nahm einen geistesabwesenden Gesichtsausdruck an und sprach ins Leere: „Du gehst in einem Park spazieren. Es ist dunkel, Regen fällt, der Boden ist matschig, es stört dich nicht. Du erreichst einen Ausblickpunkt, von dem du auf den Fluss und einige Hafenanlagen blicken kannst. Du hast Liebessorgen und glaubst insgeheim hier irgendetwas finden zu können. Ein Schiff fährt im Dunkeln vorüber, in dem Moment erschrickst du sehr, denn jemand, der dicht hinter dir steht, spricht dich an. Du drehst dich um..." „...und niemand steht hinter mir", setze ich seinen Satz aufgeregt fort. „Das hat tatsächlich stattgefunden! Wie konntest du das wissen? Ich bin in dem Moment beinah verrückt geworden, denn klar und deutlich hatte ich eine Stimme gehört und sogar seinen Atem gerochen, doch niemand stand hinter mir. Ich bin sofort nach Hause und ins Bett gegangen. Ich erinnere mich, dass ich noch am nächsten Tag sehr verwirrt war." Der Andere sagte ungerührt: „Unterbrich mich nicht, ich bin noch nicht fertig. Ein Schiff fährt vorüber, du erschrickst, weil dich jemand von hinten anspricht, du drehst dich um, und er sticht dir ein Messer ins Herz, noch bevor du sein Gesicht erkennen kannst. Du fällst zu Boden, stirbst. Er nimmt deine Brieftasche, lässt deine Leiche liegen, und schon einige Tage später wirst du beerdigt. Ende der Geschichte, von außen betrachtet. Von innen betrachtet fällst du zu Boden, stirbst. Der Tod kommt, dich zu holen, und du weigerst dich, ihn zu begleiten. Deine Gründe dafür sind ziemlich fadenscheinig, aber der Tod mag dich, und darum arrangiert er etwas sehr Schönes für dich. Er lässt dich glauben, du seist nicht erstochen worden, er dreht deine Erinnerung um einige Sekunden zurück. Dann lässt er dich glauben, weiter zu leben, er schafft dir allmählich angenehmere Lebensumstände, und dann geschieht das Großartigste: In einem Theater begegnest du der Frau, die du hättest erst auf der anderen Seite treffen sollen. Sie macht das für dich, sie kommt zu dir. Wenn du wüsstest, wie schwer das für sie war! Und was tust du? Du machst Fotos von ihr, du bist unmöglich, du bist ein Flegel, du hast sie nicht verdient. Das sie sich das gefallen lässt! Immerhin, die fünf Fotos sind sehr gelungen, ich mag den Ausdruck ihres Gesichtes vor dem schwarzen Hintergrund und wie sie sich die Hand auf die Schulter legt. Du findest sie wunderschön und bist fasziniert von ihr, aber erkennst sie nicht. Stattdessen versuchst du das, was du Leben nennst, weiter zu führen, machst deine Arbeit, triffst deine Freunde, hoffst der Unbekannten aus dem Theater wieder zu begegnen, und amüsierst dich so gut du kannst, gehst auf diesen Jahrmarkt und kommst zu mir. Das war die Vergangenheit. Möchtest du jetzt die Zukunft erfahren?"

(Februar 2003)

Seine Stadt

1. Die Ordnung

Dieser Tag war wie jeder andere Tag. Er war es nicht in allen Einzelheiten, aber die Einzelheiten erinnerte Bastóc schon lange nicht mehr.

Weckerklingeln, Aufstehen, Kaffeemaschine an, beim Gehen Louise und die Kinder (Marcello und Marcina) wecken, Buslinie 103, 12 Minuten Zeit für die Tageszeitung, Bürohaus, „Guten Morgen", „einen schönen guten Morgen", „einen besonders schönen Guten Morgen", Akten, „gestern hat der...", „neulich hat die...", „hast du gesehen...?" , Aktenablage, Mittagspause, Kantine, Gericht eins zwei oder drei, Nachmittag, schläfrig, endlos, Kaffeemaschine, bloß nicht jetzt das Telefon, erst halb vier, Kaffeemaschine, Feierabend, Linie 103, Fernsehempfehlungen der Tageszeitung, „Hallo Schatz", „Wie war es?", „Nichts Besonderes", Abendbrot, Nachrichten, Kinder ins Bett, eine Flasche Wein, Spielfilm, Wiederholung, „wie alle guten Filme", Missstimmigkeiten, „früher hast du...", Schweigen, Abendtoilette, nebeneinander, automatisch, Wecker auf sechs Uhr, „Gute Nacht Liebling" oder „Schatz", bestenfalls, Licht aus, umdrehen.
Dies war der letzte Tag wie jeder andere.

2. Der Auftrag

Es war ein seltenes Ereignis, aus dem Büro in die oberste Etage zum Leiter der Verwaltungsbehörde gerufen zu werden. Bastóc war kein derartiger Fall bekannt. Er selbst hatte den obersten Dienstherren höchstens mal vor dem Fahrstuhl vorübergehen sehen und dann freundlich gegrüßt, ohne dass es bemerkt worden wäre. Trotzdem klang es ganz selbstverständlich, als er den Hörer abnahm und die Stimme hörte: „Bastóc, kommen Sie doch mal eben hoch zu mir."

Erst im Fahrstuhl bemerkte Bastóc das Ungewöhnliche der Situation und dass er nicht wusste, wie er sich angemessen zu verhalten hatte. Seine Hände wurden schweißnass und er lachte nervös, als er sich vorstellte, dass er sich vielleicht in Verbeugungen oder besser gebückt und auf den Knien kriechend dem Schreibtisch nähern sollte. Noch bevor er sich die Tränen aus den Augen gewischt hatte, wurde er mit einem vertrauten Schulterklopfen an der Fahrstuhltür empfangen und vernahm, noch immer eine Hand auf seiner Schulter, eine freundliche Stimme:

„Lieber Bastóc, sie wissen: die politische Veränderung bringt eine gewaltige Umstrukturierung mit sich. Nun sind nicht alle Teile der Bevölkerung so gut informiert, wie es uns in der Stadt selbstverständlich scheint. Es gibt einige Dörfer in Grenznähe, an denen das ganze Geschehen anscheinend spurlos vorüberläuft. Dort gibt es bis heute kein Telefonnetz, keine Zeitungen, der Funkempfang ist durch Gebirgszüge eingeschränkt, schlechte Verkehrsanbindung und so weiter und so fort. Kurz gesagt: es gibt noch Orte, in denen die seit Wochen in den Medien wiedergekäuten Veränderungen noch unklar sind, wenn nicht sogar unbekannt. Stellen sie sich vor, es gibt ein Dorf, in dem hat sich trotz der gewaltigen Vorteile, die sich daraus ergeben und obwohl es gesetzlich zwingend vorgeschrieben ist, bis zum heutigen Tag noch niemand registrieren lassen! Unseligerweise liegt dieses Dorf in unserem neuen Verwaltungsbezirk."

Bastóc staunte. Er hatte es nicht für möglich gehalten, dass es ein Leben außerhalb des Armes des Verwaltungsamtes geben konnte. Die Hand klopfte kurz auf seine Schulter, und dann klang alles ganz einfach:

„Ungewöhnliche Situation, unkonventionelle Lösung. Kurzum Bastóc: Sie fahren morgen früh in dieses Dorf und klären die Einwohner gründlich auf. Die Bahn fährt um 5.24 Uhr, hier ist ihre Fahrkarte, nach etwa drei Stunden erreichen Sie den nächst größeren Ort, der zwar keinen Bahnhof hat, aber Sie können den Schaffner bitten, dort zu halten. Das letzte Stück nehmen Sie einfach ein Taxi, in diesem Umschlag ist Ihr Spesenvorschuss, bewahren Sie die Quittungen auf, selbstverständlich werden sie sparsam sein, aber das muss ich Ihnen ja nicht sagen." Etwas blöde starrte Bastóc auf den Umschlag in seiner Hand. Sie standen wieder am Fahrstuhl und der andere zwinkerte ihm aufmunternd zu:

„Na, ist das nichts? Ungewöhnlich, aber reizvoll, gerade für einen doch noch ganz jungen Mann wie Sie, nicht wahr? Ich weiß, dass Sie der Richtige dafür sind. Planen Sie ruhig fünf, sechs Tage ein, betrachten Sie es als einen kleinen Kurzurlaub, ein bisschen frischen Wind um die Nase, wann kommen wir Städter schon mal raus?"

Sein Gegenüber schien sich wirklich zu freuen und ein Widerspruch hätte wohl alles verdorben, darum sagte Bastóc einfach: „Danke." Die Fahrstuhltür schloss sich, und er fuhr wieder nach unten.

3. Der Weg

Louise war nicht einverstanden, sie misstraute ihm, wie häufig ohne wahren Grund. Doch verstand Bastóc es, die erfreuliche Abwechslung, „ein kleines Abenteuer", wie er insgeheim dachte, als lästige Pflicht darzustellen.

Er stand eine gute Stunde früher auf als gewohnt und weckte Louise nicht, als er ging. Mit einer kleinen Reisetasche anstelle eines Aktenkoffers fühlte er sich an diesem dunstigen Frühlingsmorgen auf dem Bahnsteig als Urlauber. Lediglich die Mappe mit dem Informationsmaterial und Formularen machten ihn zu einem Beauftragten des Amtes. Ein Blick auf seine Armbanduhr sagte ihm, dass er noch zehn Minuten Zeit hatte, die nutzte er, um sein kleines Gepäck auf dem Bahnsteig umzupacken, wodurch er Platz gewann und die Mappe in der Tasche verstauen konnte.

Die Bahn war altmodisch, mit Abteilen ausgestattet und fast leer. Zufrieden ließ Bastóc sich in einen staubigen Polstersitz am Fenster fallen und sah die zunehmend hügeligere Landschaft in einem sanften Nieselregen an sich vorüberziehen. In einem langen Tunnel schlief er ein. Ein Schaffner rüttelte ihn an der Schulter wach. Die Landschaft war jetzt flach und das Wetter sonnig. Es war gerade noch Zeit, den Bahnbediensteten zu bitten, den Zug an der benannten Ortschaft halten zu lassen. „Normalerweise halten wir hier nicht", hatte dieser grau grummelig mehrmals wiederholt, und Bastóc gab ihm kein Trinkgeld, so groß schien ihm der Gefallen nicht zu sein.

Bastóc sah dem Zug nicht hinterher. Staunend stellte er fest, dass schon dieser Ort höchstens ein winziges Dorf war. Es gab keinen Bahnsteig und kein Taxi, nur eine kleine Bar, die anscheinend auch das Lebensmittelgeschäft des Dorfes war. Der Wirt, der Bastóc von der Tür aus aufmerksam beobachtet hatte, seit er aus dem Zug ausgestiegen war, gab ihm freundlich Auskunft. Es bestand keine Gefahr, sich zu verlaufen, denn die beiden Ortschaften waren direkt durch einen Weg ohne Abzweigungen miteinander verbunden. Da das Wetter für die Jahreszeit ungewöhnlich schön war, und Bastóc sich in Urlaubsstimmung fühlte, machte es ihm nichts aus, dass dieser etwa zwei Stunden Fußmarsch bedeutete. Er verabschiedete sich vom Wirt und machte sich gut gelaunt auf den Weg.

Große, kräftige Bäume säumten den Anfang, Bäume, die weniger einer Allee als vielmehr einem urwüchsigen Wald zugehörig schienen, bald verschwanden und kargem, ebenen Land Raum machten, einer staubig roten Öde. Berge konnte Bastóc nur in weiter Ferne sehen. Bald wurde ihm sehr heiß. Die Mittagssonne stand fast senkrecht am Himmel und brannte seinen schutzlosen Kopf, klebte das Hemd an den Körper. Bastóc legte sein

Jackett über die Reisetasche, die jetzt eine Last war und bemühte sich, seine gute Laune bis zum sicher nicht mehr fernen Ziel aufrecht zu halten.

Nur senkte die Sonne seine Gedanken wie einst die Landschaft zu einer monotonen Öde und größeren Felsbrocken, wahllos hingewuchtet.

Eine nächste Wegbiegung zwischen zwei dieser Felsbrocken hindurch gab ihm den Blick auf das Dorf: „Nun wird es spannend."

4. Die Ankunft

Das Dorf lag als kleine Oase in der staubigen Landschaft. Nur wenige Häuser waren in einer losen Kreisformation angeordnet, darum war ein breiter Streifen grün. Bastóc dachte: „Wie merkwürdig, ein grüner Kreis in roter Landschaft mit einem Tupfer ocker-gelb in der Mitte." In der Ferne zeichneten sich hellblaue Gebirgszüge ab.

Als Bastóc näher kam, stellte er fest, dass die Häuser Hütten aus Holz waren, die meisten gelb, weiß oder sandfarben gestrichen. Der Kreis aus grün war breiter als es aus der Ferne ausgesehen hatte und unterbrochen von dem Weg, den er ging, rechts und links dürres, bräunliches Gras. „Es gibt nur diesen einen Weg in die Siedlung!", stellte Bastóc erstaunt fest, und er endete in der Mitte der Kreisformation, auf einem festen sandigen Platz von etwa vierzig Metern Durchmesser. In der Mitte des Platzes stand ein Brunnen und niemand war zu sehen. „Wo sind die Bewohner?"

Bastóc rief zaghaft „Hallo!" und kam sich albern vor, klopfte vergeblich an einigen Türen, drehte sich zunehmend verwirrt im Kreis. „Vermutlich sind sie auf den Feldern hinter den Häusern und gehen ihrer Tagesarbeit nach, ich werde sie suchen."

Zwischen und manchmal vor den Hütten ging der sandige Boden in Gras über. Hinter den Häusern begannen Gärten, so fruchtbar wie Bastóc noch nie welche gesehen hatte. Lächelnd, mit weit aufgerissenen Augen und seiner Reisetasche in der Hand, betrat er einen der Gärten.

Wohin er sah waren zarte Blüten neben üppigen Kelchen, schweres Grün, farbenfrohe Arrangements, wildgewachsen oder halbwild, Obst in Büschen und Bäumen, die einen Schatten in das satte Gras warfen, etwas entfernt ein Brunnen, aus dem er kostete und niemals köstlicher von einem Wasser erfrischt wurde, viele Tiere, kleine, Baumhörnchen und Singvögel, kleinere, mehr schon Insekten, geschäftiges Schmetterlingstreiben, friedlich.

Ein Mensch war nirgends zu sehen. „Ich werde mich hier ein wenig von der Reise ausruhen, sie müssen ja irgendwann zurück in ihre Hütten kommen", dachte Bastóc und legte sich unter einen Baum.

5. Im Garten

Jäh sinkt eine Nacht herab, eine weißverhüllte Frau, die sich auf bloßen Füßen aus den Tiefen des Gartens nähert. Wind bricht ihren Schleier und entblößt ein Ebenmaß, das durch die leuchtenden Augen nur noch vollkommener wird. Bastóc schaut sie an und ist von soviel Schönheit zu Tode erschrocken, möchte fliehen und stellt entsetzt fest, dass er sich nicht rühren kann. Er liegt auf dem Rücken am Boden und ist gelähmt, sieht sie näher und näher kommen, sie schaut ihn an, und er kann auch seine Augen nicht schließen und ist geblendet, fast blind, möchte um Gnade flehen, aber kann nicht sprechen, möchte einen tiefen Atemzug nehmen und kann die Luft nicht in die Lunge bewegen. Sie sagt nichts, lächelt, beugt sich zu ihm herunter, legt sich auf ihn und er spürt, wie ihr Körper in seinen sinkt, mit einem sanften Schaukeln, das stärker wird und ihn schweben lässt, leicht über dem Boden, zwischen den Büschen hin und her, durch Bienen, Schmetterlinge, hindurch, von Vögeln beobachtet, die dies zu kennen scheinen. Bastóc kann seinen Körper nicht mehr spüren, hat noch nie so gesehen und glaubt nicht, dass es mit den Augen ist und weiß die Frau in sich und weiß nicht mehr, ob er noch Bastóc ist. Sein Denken versagt, und es ist nur noch Schweben und Kreisen, in einem sanften Auf und Ab und weiter und in Bögen, begleitet von einem Vogel, der singt, hell und laut eine kleine Melodie.

Er schlägt die Augen auf und sieht den Vogel über sich im Baum sitzen, immer wieder die gleiche Melodie zwitschernd. Der Vogel scheint ihm aufmunternd zuzurufen.

Bastóc erwachte vollends und merkt seinen ganzen Körper schweißgebadet, seine Hände zittrig und die Beine zu schwach um sich zu erheben. „Ich habe geträumt. Es war ein Traum. Die Sonne ist gewandert und hat den Schatten des Baumes verschoben, ich habe zu viel Sonne abbekommen. Vielleicht war das Wasser im Brunnen kein Trinkwasser, ich bin vergiftet. Ich bin krank. Ich muss die Bewohner finden, ich brauche Hilfe!"

Mit letzter Kraftanstrengung stand Bastóc auf und taumelte zurück aus den Gärten auf den festen Sand, und kamen die Einwohner zu ihm gelaufen, wie er zu Boden sank.

6. Maia

Eine träge Bewegung des Armes tastete ungezielt kühles Laken, ohne zu begreifen, kühl, lindernd. „Kühl", aufgenommen, hin und her bewegt, „kühl", noch kein Begriff, „kühl", angenehm, unsichtbares Lächeln. Der Leib nassgedunsen ungesund, das Laken ohne Inhalt, plötzlich erstes Begreifen. Den Genuss verlängern, „nicht die Augen öffnen", zurückgleiten, der Verstand folgt, pflichtgetreu... Bastóc schreckte auf.

„Einen schönen gelben Morgen, Bastóc", sagte die Stimme einer Frau und legte die sanfte Wärme ihrer Hand auf seine Stirn, Sekunden, auch länger. Aus dem Liegen starren, blöde ohne jedes Verstehen fühlte er sich glücklich, wachte völlig auf und zerstörte: „Wo bin ich, wer bist du?"

Mit einem unglücklichen Lächeln zog sie ihre Hand zurück, stand unvermittelt auf und ging einige Schritte über den rauen Holzfußboden in die Sonne, strich sich die dunkelschweren Haare aus dem Blick, leer durch das Fenster, als gäbe es keine Frage. Bastóc wollte wiederholen, hielt inne, ahnte einen vergessenen Geruch unwirklicher Kindheit oder eines Traumes, sah das Weibliche unter dem einfachen Kleid, lichtumflossen, und eine Befriedigung seiner vergessenen Sehnsucht: die nackten Füße, staubig braun, vom Sonnenstaub umtanzt.

„Du bist wunderschön, wer bist du?", flüsterte er zu laut in die Stille. Sie wandte sich um, hatte vielleicht geweint, aber er nahm an, dass er sich täuschte, die Sonne blendete ihn. Sie kam näher, sehr nah, sah ihn fragend an, sein Kopf, die Haare zwischen ihren Fingern, die zärtlich nur Leere greifen und doch dichter ziehen: „Du bist krank Bastóc, sehr krank. Ich bin Maia, deine Geliebte."

Bastóc hatte nichts begriffen. Die Fieberschwäche zermürbte den Widerspruch, das wohlige Nichtverstehen weichte ihn auf. Gesund werden, schlafen, ihre Hände spüren, den Körper oder Raum mit dem Geruch, der Verbindungen zu Formen, Flecken mehr, Farbmustern ohne ersichtlichen Sinn hinter geschlossenen Augen bewirkte.

Maia brachte warme, dicke Milch, die den bitteren Nachgeschmack verbarg, und helles Brot ohne Geschmack, anfangs in der Schüssel geweicht. Er musste nur schlafen, wenn er aufwachte, war sie da, immer, jeden Tag, mild mit Bastóc. Wenn er ihre Güte erwidern wollte, schaute sie weg, zwang ihn ohne Worte zurück, mit einem Zucken des Mundwinkels, einer auf einmal kraftlosen Hand. Manchmal sah er aus den Augenwinkeln, wie sie ihn beobachtete, wenn er schlief immer. Er wusste nicht, wann sie schlief, er glaubte nie.

Ein nicht getroffenes Abkommen einhaltend schwiegen sie, tagelang.

Eines Morgens erwachte er, und Maia war nicht da. Bastóc setzte sich auf und merkte, dass er ohne Schwäche war. Als er sich vor dem Bett streckte, die Nacktheit entdeckte und seine Kleidung nicht fand, schien es ihm selbstverständlich, sich in die Decke zu hüllen und Maia zu suchen.

Sie kam aus einem anderen Raum mit zwei Bechern und einer Kanne, dampfend und ohne Erstaunen. „Ich bin wieder gesund", wollte er sie erfreuen. „Ja, dein Körper ist erholt, und ich habe uns Kaffee bereitet. Aber du bist noch nicht ganz bei dir", sagte sie, und leiser, so dass er erschrak, „und du hast dein Gefühl verloren."

Bastóc dachte „Ich liebe dich", war irritiert und schwieg.

Maia stellte die Gefäße auf das Tischrund und setzte sich, Bastóc nahm den anderen Stuhl, schlang die Decke, seine Hülle, enger um sich und griff mit einer Hand nach dem Becher. Unbesonnen verbrannte er den Mund, pustete, trank einen kleinen Schluck, pustete, noch einen, und schmeckte den kräftigen Geschmack ihres Kaffees, den sie bereitet hatte, wie er ihn mochte. Er schaute auf, um zu reden und blieb stumm, künstlich, unpassend in dem großen Raum voller Sonne, mit nur einem Bett, zwei Stühlen und einem Tisch. Die Sonne malte die Querverstrebungen des Fensters auf den Boden, seine Augen zogen den Schatten nach, hilflos, und sie wurde voller Zärtlichkeit. Den nächsten Augenblick sah er es, und zum ersten Mal lächelten sie sich an. „Bastóc, wir werden dir helfen, deinen Platz zu finden, die anderen, die Alten, ich." Bastóc hörte ihre Stimme und erinnerte den Gegensatz, seinen Auftrag in aller Deutlichkeit, und alles war ihm verdorben:

„Maia, du hast mich gepflegt, ich war krank, von der Reise, der Hitze, wahrscheinlich sehr krank. Nie habe ich

Ähnliches erlebt wie in diesem Raum, und ich bin dir dafür dankbar. Du weckst in mir Dinge, die hoffentlich vieles verändern werden, aber ich bin völlig klar, und du warst leider nie meine Geliebte. Ich habe einen Auftrag, darum bin ich hier, aus der Stadt, wo meine Kinder sind und eine Frau, die ganz anders ist als du."

Maia zögerte, lachte dann zu seiner Überraschung. „Bastóc, ich habe geglaubt, du seist krank, aber jetzt ahne ich, was passiert ist. Und das ist gut, denn jetzt gibt es einen Weg, alles zu ändern, dir zu helfen. Für heute abend lade ich die Alten ein."

Ihre Worte verwirrten ihn, darum lachte er auch.

7. Die Alten

Ohne Anklopfen kamen die Alten mit der Dunkelheit ins Haus. Später sollten sie auch unvermittelt wieder gehen. Bastóc sah sie von der Bettkante aus, stand unschlüssig auf. Sie nickten ihm vertraut zu, setzten sich in die Mitte des Raumes auf von Maia bereit gelegte Sitzkissen und forderten Bastóc mit einer Handbewegung auf, es ihnen gleichzutun. Maia entzündete sieben Kerzen, verteilte das den Nachmittag über bereitete Getränk und setzte sich ebenfalls.

Eine längere Zeit des Schweigens, die zum Begrüßungszeremoniell gehören mochte, nutzte Bastóc, um die Alten, die er als Ältestenrat des Dorfes verstand, zu betrachten. Sie waren über die Trankgefäße gebeugt, und schienen sich im Moment für nichts anderes zu interessieren. Das Alter hatte die sieben ähnlich gemacht, sie waren runzlig, hatten lange, noch volle graue Haare und erstaunlich gesunde Gesichtsfarbe, die wohl durch das Kerzenlicht geschönt wurde, wie die Falten von flackernden Schatten vertieft. Bastóc konnte im Laufe des Beisammenseins nicht sicher entscheiden, wer welchen Geschlechts war und änderte seine Meinung darüber mehrmals, denn er konnte sie kaum voneinander trennen. Vielleicht eine Folge der ungewöhnlichen Situation oder des unbestimmbaren Getränkes, das Maia ihm im letzten Tageslicht schon verabreicht hatte.

Dazu aufgefordert begann Bastóc zu erzählen, wie und warum er ins Dorf gekommen war, zwar wohlgeordnet, aber ohne sich völlig von der merkwürdigen Stimmung befreien zu können. Er vergaß nicht, die Hitze und Besonderheit der Reise zu erwähnen, äußerte die Vermutung, der Schlaf in der Sonne sei für einen Sonnenstich verantwortlich, dieser wiederum für Ohnmacht und Fieber. Bastóc endete den Bericht mit einem herzlichen Dank für die dem Städter ungewöhnliche Gastfreundschaft, dankte insbesondere der „wundervollen Maia".

Nach einer zeitlosen Pause ergriff jemand vorsichtig das Wort, wie um ihn zu schonen: „Ja, Maia ist eine wundervolle Frau, darin stimmen wir dir zu. Was den Rest anbelangt, bist du verirrt." Bastóc hob an zum Widerspruch, mit einer Geste hießen sie ihn schweigen.

„Wir werden sprechen dir zu sagen, was wirklich geschehen ist, höre bitte gut zu und unterbrich uns nicht, es wird dir schon schwer genug sein."

Mit einem Kopfnicken stimmte er der Stimme zu, interessiert an der sicher weltfremden und verschrobenen Sicht der Dorfbewohner.

„Du warst lange fort. Wir kennen dich schon, wir haben dich erwartet und freuen uns, dass du wieder hier bist. Du bist Bastóc, Sohn des Dorfes, Geschichtenerzähler des Dorfes."

Bastóc wollte protestieren und auflachen, aber Maia legte ihm zart ihren Finger auf den Mund und behielt seine Hand, was ihm die Rede weniger wichtig machte und ruhig bleiben ließ.

„Um neue Geschichten zu erfahren, gingst du in die Gärten, die unendlich sind und alle denk- und fühlbaren Welten, Wesen und Begebenheiten enthalten. Du wolltest eine besondere Geschichte und bist deswegen lange in den Gärten geblieben, zu lange, wie sich jetzt zeigt. Du hast deine Geschichte erfahren, dich aber auch in ihr verfangen, du hältst sie jetzt für die Wirklichkeit. Die Wahrheit ist, dass nichts von dem, was du erwähnst, woanders als in den Gärten existiert. Es gibt nichts außer uns und diesem Dorf. Denke nicht zuviel darüber nach, akzeptiere es einfach. Warte das Geschick der Zeit ab, du wirst deinen Platz hier finden."

Verwundert sah Bastóc Maia an. Diese Rede war ihm zu klar und bestimmt, um verschroben zu sein, und er überlegte, wie die Wirklichkeit in diesem Kreis noch zu ordnen sei.

Als er aufblickte, waren die Alten unbemerkt gegangen, ohne ein Wort des Ausgleiches. Verärgert blieb er sitzen und warf sich vor, nicht aus der Stimmung des Raumes getreten zu sein.

„Gehe schlafen und lass die Zeit ihre Wirkung tun", fasste Maia ihn bei den Händen. „Ihr seid ja alle verrückt", wollte er sagen, als er sie aber anblickte, schwieg er doch. Mit einem Mal war ihm alles durcheinander, und dies war die Liebe.

8. Wechselworte

Mondlicht fiel gegen die Wand, bleichte sie blau, und Bastóc wollte nicht schlafen. Er konnte seine Gedanken nicht ordnen und entschied, sich mit jemandem unterhalten zu müssen, tatsächlich vermisste er Maia.

Er fand sie in einem kleinen Nebenraum, an einem Tisch, regungslos an einer Kerze versunken, die den Raum warm färbte und mit Schatten füllte. Sie blickte auf, als er sprach: „Du hast ein schönes Zimmer, wie ich sehe mit vielen Bildern... und ich habe selten gemütlicher gesessen." „Es ist unser Raum", komplizierte Maia die als Einleitung gedachten Sätze. Beide schwiegen, sie kehrte zur Kerze zurück.

„Maia, ich möchte mit dir reden, ich bin durcheinander, das Denken verwirrt mich, irgendetwas ist verkehrt, ich muss es herausfinden...", leiser, „...und über uns will ich reden." Maia schloss die Augen, senkte den Kopf, schaute ihn an: „Ja, vielleicht ist jetzt die Zeit", fuhr mit der flachen Hand über die Flamme, dann eindringlich: „Du sagtest, du hast eine Frau. Liebst du sie?" „Ja", zögerte er, „nein, ich weiß es nicht, sie ist eben meine Frau."

Das Kerzenlicht verlangsamte die Zeit, beruhigte und tönte die Stimmen rund, der Wechselklang kam aus ihnen. Ein Gespräch entspann sich, wie sonst nur im Halbschlaf, ruhig, leise, voller Pausen und ohne Lügen.

Maia fragte: „Liebst du mich?" „Ja."

Die Flamme beunruhigte die Schatten, Abbild der Dinge, und ihre Gedanken waren gleichmäßig.

Sie: „Wundert es dich nicht, dass du mich liebst, mich, die du glaubst, erst kurze Zeit zu kennen?"

Er: „Doch. Ohne diese Liebe hätte ich wohl keine Zweifel."

Die Flamme beunruhigte die Schatten, Abbild der Dinge, und ihre Gedanken waren gleichmäßig.

Sie: „Gibt es hier sonst nichts, an das du dich erinnerst?"

Er: „Ich weiß nicht, vieles das verwirrt und eine Kleinigkeit vielleicht: Es ist der Geruch in diesen Räumen."

Die Flamme, die Schattenbilder, gleichmäßige Gedanken.

Sie: „Der Geruch, das ist nicht viel, aber immerhin..."

Die Flamme erhellte dunkle Abbilder, Gedanken waren ruhig.

Er: „Aber ich erinnere mich an alles aus der Stadt, auch wenn sie mir nach drei Tagen merkwürdig fern scheint."

Sie: „Drei Tage? Ich weiß nicht, wie du auf drei Tage kommst, ich pflege dich seit neunundzwanzig Tagen."

Die Flamme verdrängt die Dunkelheit und schafft Schatten.

Er: „Du musst dich täuschen."

Sie: „Nein, es ist sicher, mein Blut hat mir deine Rückkehr angekündigt und als du gesund wurdest, habe ich wieder geblutet."

Er: „Es kann nicht sein, spätestens nach einer Woche hätte das Amt Nachforschungen angestellt, Louise, meine Frau, hätte mich gesucht..."

Der Flammenschatten tanzt in sich, dazwischen die Worte.

Sie: „Bastóc, Louise und was immer du mit „Amt" meinst, sie können dich nicht suchen, weil es sie nicht gibt."

Er: „Ich habe mein ganzes Leben in der Stadt verbracht."

Die Flamme schuf Schatten, um sie, die Gedanken, ein Tanz, gleichmäßig.

Sie: „Du warst einige Tage in den Gärten, und sie haben dir ein ganzes Leben in der Stadt vorgegaukelt."

Er: „Die Stadt. Meine Stadt... warte... Ich kann sie dir nicht beweisen, aber kannst du beweisen, was du sagst?"

Ihre Gedanken flossen ruhig, die Flamme ein Feuer und Abbilder, Schatten.

Sie: „Nein, die Wirklichkeit ist nicht zu beweisen. Ebenso gut könnte der Träumer versuchen zu beweisen, dass er träumt. Die Wirklichkeit ist eine Frage des Glaubens und der Gewohnheit. Mein Wirken ist dir Hilfe, Vertrauen zu sammeln."

Er: „Wer sagt denn, dass ich dies nicht alles bloß träume?"

Sie: „Niemand. Glaubst du, dass du alles nur träumst?"

Die Flamme wirft Helligkeit um einen Gedanken, am Mauerwerk der Schatten.

Er: „Nein. Neinnein, da bin ich sicher."

Sie: „Du bist dir sicher? Du hast viel Phantasie, glaubst an zwei Wirklichkeiten. Aber ich versichere dir, das Dorf ist deine Welt. Ich glaube dir, dass du glaubst, in einer Stadt gewesen zu sein, aber diese wirst du nie wieder erreichen. Dieses Dorf und deine Stadt schließen einander aus."

Warme Flamme, belebt Schatten, konkurrierend, Gedanken.

Er: „ Das ist nicht richtig. Deine Vorstellung vom Dorf schließt die Stadt aus, meine Vorstellung von der Stadt aber nicht das Dorf."

Sie: „Wenn du aus einer Stadt kommst, musst du sie auch wieder erreichen können, wie stellst du dir das vor? Zurück in die Gärten? Sie geben nie zweimal das gleiche Bild, und nie was man wünscht."

Schattenbilder ineinander, übereinander, inmitten die Flamme und Gedanken.

Er: „Nein, wenn ich Recht habe, ist die Stadt nicht in den Gärten, sondern an der Bahnlinie, deren nächste Station in der Ebene liegt, durch die der einzige Weg des Dorfes führt, zwei Stunden Fußmarsch etwa."

Sie: „Der Weg in die Hitze? Er ist gefährlich, du müsstest bald umkehren, oder die Hitze würde dich vernichten. Niemand ist auf diesem Weg je an ein Ziel gelangt."

Er: „Niemand. Das bedeutet, niemand hat es versucht."

Flammenschatten flackerten vor der klaren, nun schmalen Flamme, Gedankendichte.

Sie: „Einige habe es versucht, sie kamen nicht wieder."

Er: „Ist euch nie der Gedanke gekommen, dass sie jetzt woanders sein könnten?"

Flamme, gleitende Bewegung zwischen den Schatten um die Gedanken.

Sie: „Die, die es ebenfalls versucht haben, dachten ähnlich. Sie sind in der Hitze verloren gegangen."

Er: „Ich bin aus einer sehr lebendigen, brodelnden Stadt gekommen, wo diese wahrscheinlich jetzt sind, als Lebende, so wie ich als Lebender gekommen bin, auf dem Weg, der zu einer Bahnstation führt, von der eine Bahn in die Stadt fährt."

Warme Flamme, die Schatten im lichtlosen Kreis, ab vom Feuer, dem Gedanken.

Sie: „Das ist nur ein Gaukelbild. Die Geschichten des Gartens sind oft in sich geschlossen und dann voller Gefahren, aus denen nur schlafwandlerisch ein Entrinnen ist."

Das flackernde Licht wie ein anderes Lachen, auch noch in dem Gedanken.

Er: „Ich habe in einem Garten geträumt, aber nur kurz, ein Albtraum von meinem Tod."

Sie: „Ah, eine Unebenheit, eine Bruchstelle in deiner Geschichte, der Garten hat etwas in dir angesprochen und dich schonend im Schlaf verjagt, du warst zulange in ihm."

Die Flamme verliert an Kraft, Platz für lichtscheue Schatten um die Gedanken.

Er: „So kommen wir nicht weiter, so klärt es sich nie. Ein Vorschlag, der mein Plan ist: Ich gehe den Weg zurück. Gelange ich auch nach vier Stunden an kein Ziel, muss ich zugeben, dass meine Vorstellung falsch ist. Aber ich werde zur Bahnlinie und dann in die Stadt gelangen. Dort regle ich einige unvermeidliche Angelegenheiten, und dann komme ich befreit zurück zu dir."

Sie: „Tu es nicht. Befreien kannst du dich an jedem Ort, solange du nur zugegen bist, dein Plan führt ins Verderben. Einige Stunden hin, einige Stunden zurück, in der ewigen Hitze, die kein Weg ist."

Unruhige Flammenschatten wachsen über die Flamme, das Feuer ändert geduldig die Form auch ohne Gedanken.

Er: „Es ist die einzige Möglichkeit, mich zu überzeugen. Ich werde den Weg gehen und wiederkehren."

Die Flamme belebte Maias Schatten, wie er ihr Forschen, Zögern nachahmte, Abbild nur, und Bastóc fühlte ihren Kuss, seine Stille, die Gedanken..., erstaun-

lich, die geheimen Bilder, aufgebracht, dennoch, deswegen:

Sie: „Wenn du dich auch jetzt nicht erinnern kannst, dann versuche es. Kehre bald wieder um, ich will dich nicht noch einmal verlieren."

Die Flamme belebt die Abbilder, ein schwankendes Lachen.

Er: „Nach spätestens zehn Tagen bin ich wieder da."

Die Flamme flackerte.

Sie: „Nach spätestens einem Tag haben wir dich verloren."

Die Flamme konnte zwar die Schatten, aber nicht ihr Schweigen mehr beleben, Gedanken und Bastócs Schatten beunruhigt zur Tür, stumm, die Flamme belebte ihre Abbilder zum heimlichen Gruß.

Unzufrieden mit dem Tanz der Schatten an diesem Feuer erstickte Maia die Flamme, später, nicht für immer.

9. Das Dorf

Von Maia angehalten, noch einen Tag im Dorf auszuruhen, hatte Bastóc eingewilligt. Als er aus dem Haus trat, war der Tag heiter, der Himmel einfach nur Blau und mit einer Sonne, die ihre Strahlen auf den Platz zwischen den Häusern auf das Aroma offener Säcke legte, die zum trocknen ein Alter hierher gestellt hatte, der jetzt etwas entfernt im Schatten saß und ihm freundlich zunickte. Bastóc grüßte auch, verscheuchte erfolglos einen Moskito und ging weiter, in der Absicht, Zuschauer zu sein, aber sobald er sich einer Gruppe näherte, war er Mittelpunkt stürmischer Begrüßungen, Fragen, Scherzen. „Bastóc, Bastóc, Bastóc ist wieder da!", sangen Kinder um ihn herum. Nachfragen, gute Wünsche und anscheinend Zusammenhangloses von den Älteren, kleine Obstgeschenke, Herzliches, das er nicht erwidern konnte und ihm die Situation unangenehm machte.

Einer, der an Masken arbeitete, erweckte mit seiner Tätigkeit Bastócs Neugierde und er ging etwas näher.

Bastóc: „Hallo."

Der Andere: (unterbricht seine Arbeit, lacht) „Hallo Bastóc."

Bastóc: „Was sind das für Masken, die du herstellst?"

Der Andere: „Herstellen? Ich mache Masken. Ich mache immer die Masken."

Bastóc: „Mir gefallen deine Masken, sie sind so farbenfroh und lebendig, vielseitig und nicht erschreckend."

Der Andere: „Das freut mich Bastóc, es freut mich immer, wenn dir meine Masken gefallen."

Bastóc: (lacht verlegen) „Wofür machst du die Masken?"

Der Andere: „Für das Fest der blassblauen Göttin."

Bastóc: „Was ist das für ein Fest?"

Der Andere: Wir feiern es, um die blassblaue Göttin zu erfreuen und dich zu begrüßen.

Bastóc: (verlegen) „Wann findet das Fest statt? Ich breche morgen auf und werde einige Tage nicht hier sein."

Der Andere: Es ist alles arrangiert, du wirst beim Fest dabei sein."

Bastóc sagte unverständlich betont etwas wie „Das freut mich." Und verabschiedete sich (lachte verlegen), einer Gruppe Kinder entgegen, deren Begrüßungen er jetzt vorsichtshalber vertraut erwiderte, sich mit ihnen etwas befreiter zu unterhalten und mit weniger Scham zu fragen: „Was sind das für Männer, ohne Kleidung im Gras?" Die Kinder riefen hell: „Die Tänzer, das sind die Tänzer!" „Was für Tänzer?" „Die später tanzen, auf dem Fest, zusammen mit Nub." „Wer ist Nub?", und augenblicklich verstummten die Kinder, um sie war Stille und Bastóc fand schon wieder kein Wort, bis eine Kleine ihre Augen nicht erhob und leise sprach: „Nub ist der, der tanzt." Dann gingen die Kinder.

Die Stille wich einer Hitze, die Bastóc als Vorwand nutzte, in die Sicherheit des Hauses zu flüchten, sich im

Halbdunkel auszuruhen. Maia war mit Vorbereitungen von Speisen beschäftigt, deren Gerüche seine Gedanken belebten „*Fremd* ist eigentlich nicht das richtige Wort, es ist beinah mehr so, als wenn ich meine Rolle nicht kennen würde..., also doch fremd... das Dorf erstaunt mich... sogar sehr... gefällt es mir."

Am Abend kam es zu einem kleinen Streit mit Maia, weil sie sich weigerte, ihm seine Sachen wiederzugeben. Sie behauptete, er hätte nie andere gehabt als „die du jetzt trägst" und die er in einem Schrank ihrer Hütte gefunden hatte. Die Mappe mit den amtlichen Unterlagen war ebenfalls verschwunden, und Maia lachte ihn aus, als er sagte, er glaube, sie habe sie verbrannt. Eine Armbanduhr gab Maia vor, gar nicht zu kennen.

Aber Bastóc konnte ihr nicht lange böse sein, beim Einschlafen nahm er sich vor, ihr eine schöne Uhr aus der Stadt mitzubringen.

Nachts träumte er von Louise, als sie noch jünger und verliebt waren.

10. Rückweg und Ankunft

„Kehre zeitig um", bat Maia ihn, und Bastóc schaute nicht mehr nach der kleinen Gruppe, die ihn bis an den Dorfausgang gebracht hatte.

Er fühlte eine Anspannung, darum ging er zügig und drehte sich nicht um. Kaum hatte er die zwei Felsbrocken durchschritten, von denen er wusste, dass sie den Blick auf das Dorf versperrten, wurde er ruhiger und begann in Gedanken die Trennung von Louise vorzubereiten. Weder spürte er die aufkommende Hitze des Tages, noch hatte er einen Blick für die rötlich karge Landschaft, er suchte nach Erklärungen. „Ich sage einfach die Wahrheit... Welche Wahrheit... Sie wird es nicht verstehen... Verstehe ich es?... Sie wird verzweifelt... oder wütend...

wenn überhaupt, oder es ist ihr egal... nein, sie... wird sich vielleicht sogar freuen... Ich habe keine Ahnung, wie sie reagieren wird... So lange schon bin ich mit ihr verheiratet, und ich kenne sie kaum...Oder kenne ich sie doch?... Sie will eine finanzielle Absicherung, das hat sie immer betont... Das meiste gehört mir... Marcello und Marcina!... Die Kinder... ich habe die Kinder vergessen.... Habe ich Kinder? Das kommt mir so merkwürdig vor. Ich weiß kaum, wie sie aussehen? Kann das sein?... Wirklich, etwas stimmt nicht mit mir... Auch wenn ich an Louise denke, sehe ich sie jünger, als sie jetzt schon ist... Bin ich am Ende verrückt geworden?... Und wenn schon! Ich werde mich trennen, besser keinen Vater als einen so schlechten, wie ich es bin... Ich habe es noch nicht einmal gemerkt, all die Jahre... Für sie ist es auch besser, sie können im Dorf Urlaub machen, es wird ihnen gut tun... Louise kriegt alles, das Geld, die Lebensversicherung, die Aktien, die Wohnung... Sie hat schließlich die Kinder, ich fange neu an... Ich fange neu an... Ein neues Leben, von allem befreit... Es ist das Beste... wenn meine Frau und meine Kinder mir so fremd sind. Einfach alles zurück lassen und neu anfangen."

Die Felsen warfen kaum noch Schatten, die Sonne, fast senkrecht, schleicht sich in Bastócs ungeschützten Kopf.

„Wovon lebe ich im Dorf? Was arbeiten sie, wo verkaufen sie? Ich glaube, sie handeln gar nicht, sie versorgen sich selbst, aus den Gärten... Das gefällt mir... Einige Dinge werden mir fehlen... aber nein, ich wüsste nicht was."

Die helle Hose voll rötlichem Staub.

„Die Bewohner sind so fröhlich... so anders... so angenehm... und ich, wie werde ich sein und wer?... Der Geschichtenerzähler, ein Scherz... eine Möglichkeit... Eine merkwürdige Möglichkeit."

Nur Sonne Staub und Bastóc.

„Geschichtenerzähler. Kann ein Fremder nicht nur als Geschichtenerzähler heimisch sein?... Kann ich Geschichten erzählen?... Ein, zwei Dinge hätte ich schon im Kopf... Begebenheiten aus der Stadt... ich müsste nur noch die Worte dazu aussprechen...

Die Sonne stand weiß am Himmel und zwang Bastóc, sie zu beachten. „Es ist Mittag, ein halber Tag ist um." Aus seinen Gedanken aufgeschreckt sah er hin und rechnete, rechnete die Länge eines Frühlingstages (nie konnte ein Frühlingstag so heiß sein), die Hälfte zur Mittagszeit, war sich nicht sicher, wie viel Stunden ein halber Tag in dieser Jahreszeit hat, schätzte vier, sechs oder drei Stunden, dachte, dass er die Station längst hätte erreichen müssen; überlegte, ob er zu langsam gewesen war, unverantwortlich Gedanken nachgehangen hatte, entschloss sich schneller zu gehen, trotz der Hitze, um die Stadt zu erreichen, mit der er einzig durch sein schlechtes Gewissen noch verbunden war.

Er hatte den Weg verloren. Roter Staub von seinen Knien bis in die Weite, Felsen und kein Weg. Er ging einige Schritte zurück, erst suchend, dann erschrocken, kurz nüchtern, schon verzweifelt. Der Weg blieb verloren.

Der Weg, den er erinnerte, war nicht zu verlieren. Jener war eindeutig und verlässlich.

Bastóc wollte umkehren und zögerte, zu oft hatte er schon beim Suchen die Richtung gewechselt. Die Stunde, in der die Sonne keinen Schatten wirft, und selbst wenn, Bastóc könnte nicht beschwören, sie bei seinem Aufbruch rechts oder links gesehen zu haben. Er flehte nach ein paar Minuten Schatten, überzeugt, das sei schon eine Lösung. Nur gab es für ihn nirgends Schatten.

So irrte er seine eigene Ewigkeit der immer gleichen Weite entgegen und hatte keine andere Erinnerung als Hitze und Staub, und die Wüste war ihm das Leben, schon immer, und bald der Tod.

Und so fanden ihn Maia und die anderen, unweit des Dorfes, blind von Staub und Blendung. Sie gaben ihm Wasser, und er erbrach es. Sie reinigten seine Augen, und er wollte nicht sehen. Sie fragten ihn „Wer bist du?", und er sagte im Erwachen „Bastóc, der Geschichtenerzähler."

(1991, 2002)

Am 25. September

Am 25. September befällt mich schleichender Atemnotstand, dünnt mein Gehirn aus. Am 29. September beschließe ich, bis auf weiteres ganz auf die Atmung zu verzichten. Prompt setzt ein Reinigungsprozess ein. Am 31. September nehme ich die Atmung wieder auf. Erfreut registriere ich ihre Perfektionierung. Später bemerke ich, dass ich jetzt gelegentlich vergesse zu atmen. Dann fallen in mich Erkenntnisse wie Erleuchtungen. Die Wirklichkeit erkennend laufe ich durch die Straßen und zeige sie Anderen, schrei sie ihnen ins Gesicht. Das führt mich bisweilen in unangenehme Situationen. Im Straßenbus wiegele ich die Mitfahrenden auf. Der Busfahrer hasst mich. In der Einkaufspassage gebe ich Vorbeigehenden gute Ratschläge. Ich nehme dafür kein Geld. Die häufigste Reaktion ist grober Undank. Handgreiflichkeiten sind nicht selten. Heute kontrolliere ich meinen Atem besser. Das auf und ab und Eindringen in die Blutbahn ist streng geregelt. Unzuverlässigkeiten akzeptiere ich nicht. Die ständige Eigenüberwachung macht mich unerbittlich gegen Fremde. Jeder ist mir fremd. Mit einem Brauenzucken demonstriere ich meinen Unwillen über ihre nachlässige Haltung. Ich scheue mich nicht, harsche Kritik zu üben. Wer seine Atmung kennt, ist unverwundbar. Das hat einige Personen geängstigt. Darum lebe ich in einer kleinen Zelle, von der sie behaupten, ich könne sie nicht verlassen. Meine zahlreichen Ausflüge verheimliche ich ihnen. Am Morgen betrete ich die Zelle wohlgenährt zur Essenausgabe. Das helle Brot nehme ich gelassen entgegen. Verfüttere es an die Ratten. Dann lege ich mich auf das schmale Bett. Ruhe mich aus von meinen weitschweifenden Abenteuern. So verschlafe ich die Tage. In der Nacht wird unsere Anwesenheit nicht kontrolliert. Dann stoppe ich den Atem. Ich lege mich auf eine Blumenwiese, nahe einer mäßig befahrenen Landstraße. Von einer Vorbeifahrenden lasse ich mich in ihrer Kutsche mitnehmen. Glückselig still von ihrem samtenen Blick mir gegenüber sitze ich auf der Holzbank. Holpere den Weg entlang, dessen Anfang zu finden die Zelle ohne Atem sein muss.

(1992, 2002)

Das Dorf

Ein junger Mann hat viele Gedanken und kann sie in keine Ordnung bringen. Sie geraten ihm im Kopf durcheinander. Auch sind die Gedanken der Art, dass sie sich nicht einordnen lassen. Weil ihm keine andere Wahl bleibt, sieht er es ein und behält die Gedanken ungeordnet im Kopf. Dort entwickeln sie sich gut und werden immer feiner. Nun nennen die anderen Menschen den jungen Mann einen Irren und sperren ihn deswegen ein. Eine kleine, weiße Zelle darf er nicht mehr verlassen. Natürlich verlässt er sie manchmal trotzdem, aber heimlich. Einmal bekommt er den Auftrag, in ein Dorf zu gehen und die Bewohner über die veränderte Situation im Land aufzuklären. Der Auftraggeber ist das Amt seiner Stadt. Das Dorf liegt abgeschieden.

Er kommt in das Dorf und niemand glaubt ihm. Sie sagen, er habe schon immer dort gelebt, sei der Geschichtenerzähler des Dorfes. Die Stadt existiere nur in seiner Einbildung, denn es gibt nichts außer diesem Dorf.

Aus irgendeinem Grund bekommt der Mann Fieber, vielleicht von der Reise oder dem Klima. Er muss gepflegt werden und die Ereignisse geraten ihm im Kopf schon wieder durcheinander. Er fragt sich, ob die Stadt nicht doch nur ein Traum war, sie erscheint ihm weit weg und unwirklich. Zu gern würde er das glauben, denn er liebt eine Frau in dem Dorf.

Aber er kommt wieder zu Kräften und Zweifeln, versucht sich Klarheit zu verschaffen, die Stadt zu beweisen. Verzweifelt flieht er schließlich durch die Wüste, den Weg, den er kam, glaubt sich zu verlaufen, ist auch noch von der gerade überwundenen Krankheit geschwächt, bricht in der weiten Ebene zusammen und gibt die Stadt auf. Andere bringen ihn zurück in das Dorf. Der Mann bleibt Geschichtenerzähler des Dorf.

(1992)

Blumenspiel

„Steilufer voller Blumen."
(M. A. Asturias , „ Juan der Kreisende")

Steilufer voller Blumen. Bunt gespickt mit der Erde Auswurf. In der Luft liegt ein Zirpen, Kreisen. Vollkommene Stille. Nur das Rascheln tausender Flügelpaare. Skorpionsfliege. Goldlaufkäfer. Riesenuferbold. Bergzikade. Eine Köcherfliege sucht Nahrung. Eine Köcherfliege muss Eier legen. Die Brut quellt ihr den Rumpf auf, aus dessen Öffnung die gelbe Masse platzt. Sie streift es ab am wunden Fleisch, Blut noch nicht geronnen. Die Schulter hat der Felsen aufgerissen. Den Mann hat die Wucht einer Welle auf den Stein geschleudert. Das Salzwasser brennt die wunden Oberschenkel. Der Mann spürt es nicht, er schläft. Die Köcherfliege erhebt sich von der Schulter, kreist um den Schläfer, das eitrige Augenlied, setzt sich, weckt ihn auf er stöhnt.

Du hast nicht gleich begriffen, wo du bist. Nur mit viel Mühe konntest du den Steilhang ersteigen. Mich hattest du schon vorher verloren, Geliebter. Oben setztest du dich. Erschöpft starrtest du auf den Boden, sahst den Insekten zu, am Rande der Blumen. Du schliefst an dieser Stelle. Du wachtest auf und schliefst ein. Ruhtest aus. Am vierten Tag verspürtest du Hunger.

Die Fliegenlarven durchlaufen ihre zyklischen Entwicklungsstadien. Um den Knochen ist das Fleisch jetzt entzündet. Die Schulter brennt, glänzt blaurot in der Sonne. Vergiftet ihm das Blut. Die Larven wandern in das rechte Auge. Kein Gedanke außer Schmerz. Die Gegend ist karg. Kein Leben, nur ein Steilufer voller Blumen. Deren süßer Duft in der Hitze ihn ekelt. Das Meer ist kühler. Die Wunde mit dem Salz auszuätzen kriecht er über den

Hang. Steil voran füllt sich der Kopf mit Blut. Ihm schwindelt. Besinnungslos liegt er auf dem Bauch. In das ausgelaufene Auge kriechen Hakenwürmer, Strandasseln. Wie sein Hirn zerfressen wird, wacht er auf und ist gelähmt im Sterben. Unbeseelter Klumpen Fleisch. Rote Riesenameisen bauen ein Nest. Schlupffliegen. Bestäuben gelbe Blüten. Köcherfliegen krabbeln. Von Hornissen gefressen. Der Knochen bleicht in der Sonne. Steilufer voller Blumen.

Darunter das Meer. Silbern im Mondschein.

(1992)

100 und ein Tag

A: Ich bin Atam.

B: Ich bin Emu.

Sie setzen sich gegenüber an die Wand.

A: Emu, wir werden kein Essen haben, 100 Tage und 100 Nächte, die wir gemeinsam verbringen.

B: Ja, Atam, wir werden nicht essen und nicht trinken.

A: Wer seinen Körper bewegen will, muss essen und trinken. Aber, Emu, wir bewegen unseren Körper nicht.

B: Ja, Atam, wir bewegen unseren Körper nicht, wir sitzen nur.

A: Emu, wer sitzt und schlechte Gedanken hat und aufgeregt ist, der muss essen und trinken.

B: Ja, Atam, wir haben keine schlechten Gedanken und sind nicht aufgeregt, wir sitzen nur.

A: Wer sitzt und wach ist, muss essen und trinken, Emu.

B: Ja, Atam, wir sitzen nur und sind nicht wach.

A: Wer sitzt und träumt muss essen und trinken, Emu.

B: Ja, Atam, wir träumen nicht, wir sitzen nur.

A: Wir werden nur sitzen, uns gegenüber, 100 Tage.

B: 100 Tage reichen dafür fast nicht.

(1993)

Perlenspiel

Ein Aas wird mit Perlen bedeckt. So fault es in den Boden. Zurück bleiben die Perlen im Sand, unter der Sonne. Damit spielen Fischerkinder Murmeln. Wer drei trifft und zwei springt, hat so gut wie gewonnen. Nadine ist ungekrönte Meisterin des Strandabschnitts. Sie nennt nur sieben Perlen ihr eigen und als nötig. Sie trägt sie in einem kleinen ledernen Beutel, mit dem sie spricht. Der Beutel ist niemals kühl. Darum muss er sorgsam vor den Meeresvögeln geschützt werden. Ohne Zweifel würden sie ihn mit sich tragen, in die hohen, windigen Felsennester, zum Brüten. Mit der Wärme des Aases lernten die Küken das Fliegen eher. So stürzen nicht wenige die Felsen herab und füttern die Fische. Junato, der immer zu einer bestimmten Zeit fischt, findet in den Verdauungsträktchen in dreiundzwanzig Tagen sieben Perlen. Noch hält er seinen Besitz zurück. Er rechnet sich aus, Nadine im rechten Moment zu unterbieten.

(1993)

Tanzordnung

In der Dunkelheit bricht ein Schrei entzwei und entflammt die Nacht. Büsche kriechen ringsherum empor, schütten Schwärme von Moskitos aus. Einen kleinen Zweig beobachtet Nub beim Wachsen, bricht ihn ab und beschließt die Nacht.
Der Tag dient den Festvorbereitungen. Den allgegenwärtigen Geistergöttern werden Baumharze gesammelt. Nub geht umher, riecht das Aroma in den offenen Säcken, wühlt die Sonnenstrahlen in das Pulver. In den Hütten werden die Masken ihren Tänzern zugewiesen. Nub verzichtet auf jeden Schmuck und trägt nur den Alligatorenkopf. Durch den etwas offenen Rachen kann er sehen. Die Reißzähne umranden das trommelnde Tanzen der anderen, und er entfernt sich zum Fluss. Im Wasser bewegt sich der bauchweiche Leib viel leichter und über das stille Tauchen kehren die Windgeister den Tag in die Nacht. Tastend wühlt er sich durch den Schlamm, die Lungen wieder zu öffnen. Gereinigt von jedem Tag schleicht Nub voll dem Atem des Wassers dem Schrei entgegen. Ein Orange färbt den Weg und Nub zögert vor dem Tiger, kurz. Im Spiel gibt er sich zu erkennen und findet einen Beschützer.

(1993)

Staub kehren

Ein Holzbalken läuft über der Veranda, der ist von der Sonne mürbe. Er hält das leichte Dach für einen Halbschatten über den Schaukelstühlen. Ein alter Mann trinkt im Wiegen ein laues Getränk und ist bereit für jeden Besuch. Ein Klangspiel über den Stufen kündigt den Fremden im Dorf an. Der weiß nicht, wie er sich bewegen soll, muss in das Gefüge der Veranda eingeführt werden. Mit einem Pinsel muss er sie von jedem Staub befreien, das Dorf zu verstehen. Im Schaukelstuhl sitzt der Älteste, er hat den Staub ausgestreut, der Wind hat ihn sortiert.

Der Fremde bedankt sich für die Lektion, steigt verwirrt die Treppe in den Sand herab und sieht die Dinge am Anfang und am Ende, und wie er das Dorf kennt. Sein neuer Blick versetzt ihn in Unruhe, ein Balken scheint ihm vor lauter Sonne viel zu morsch, als dass er auch nur ein geflochtenes Dach tragen könnte.

(1993)

Messerträger und Lianengestrüpp

Das fleischbehangene Aufeinanderprallen der Kontrahenten verfängt sich in den klebrigen Fäden meiner Erinnerung als loses Unwohlsein. Den unnötigen Kampf zu beenden, reichte ich dem Stärkeren ein langes, geschärftes Messer. In geübten Bewegungen entfernte er mir die lästigen Fäden und ließ den Anderen tot zurück. Aus Dankbarkeit und wegen seiner Weigerung, sie mir freiwillig zu geben, schenkte ich dem Sieger die Waffe.

Nun zeigt es sich unmöglich zu verhindern, dass Lianen mit Saugnäpfen mich immer enger umschließen und jeden Weg unmöglich machen. Seitdem verlasse ich diesen Ort nicht mehr. Dass ich nicht verhungere, verdanke ich dem mächtig gewordenen Messerträger. In unregelmäßigen Abständen besucht er mich und wirft mir nicht ohne eine Ahnung von Hohn Bananen über das Gestrüpp.

(1993)

Zwilling

Sonne fällt durch die Scheibe, bricht sich im Glas. Trägt den Staub, fällt am Boden auf den Dielen lautlos nieder. Ein Bett steht im Raum, groß, darin ein Mann, er schläft. Träumt von einem Mann, der ist wie er und schläft, in einem Raum mit Sonne, lautlos auf den Dielen. Er genießt das Bild, dann wird ihm die Betrachtung schwerer, die Dinge verwirren sich, und er ist nicht mehr sicher, welcher von beiden er ist. Darüber wälzt er sich unruhig im weißen Laken, weswegen der andere erwacht, er verblasst.

(1993)

Die Bucht der blauen Haie

Die Bucht ist von klarstem Wasser, das im Gegensatz zu der immer heißen Luft kühl scheint. Hohe Felsen fallen steil, beinah senkrecht vom Land her hinab. Unter Wasser wird das ockerne Gestein von bunten Korallen verziert, deren schillernden Auswüchse sich an einigen Stellen bis in das Innere der Bucht ziehen. Der größte Teil des Bodens bleibt mit feinem, weißen Sand bedeckt, der dem Wasser seine Reinheit schenkt. Trotz der vielfältigen Korallennatur sieht man in dieser Bucht selten ein anderes Tier als die sieben mächtigen Blauhaie, deren stumme, immer gleichgültige Kreise ein Schauspiel höchster Harmonie geben.

Nirgendwo sonst findet sich eine derartige Anzahl so großer Haie ständig in unmittelbarer Nähe der Küste.

Der Gegensatz zwischen Wasser und Land könnte nicht größer sein. Hier flimmernde Hitze, quälender Lärm der Grillen und braungelber Staub, dort kühle, schweigende Bläue, von der Sonne nur durchflutet. Den Haien wirft sie einen Schatten.

Auf den ersten Blick scheint die wesentlich höher und entfernt gelegene Burg keinen direkten Bezug zu der Bucht zu haben. Tatsächlich ist sie aber durch ein immer tiefer führendes, verwirrendes Tunnel-Schacht-Labyrinth mit ihr verbunden. Der eine, am Anfang feuchte, später durch den auslaufenden Wasserspiegel überflutete Gang war den Wächtern der ehemals mächtigen Festung gut bekannt, brachten sie doch in regelmäßigen Abständen einen zum Tode Verurteilten hierher. Dann wateten alle drei bis zu den Knien im Wasser an sein Ende, das durch ein Fallgitter markiert wurde. Schon das Hochziehen des Eisens ließ die Haie aus ihren tranceähnlichen Kreisen erwachen, so dass der Hineingestoßene nur kürzeste Zeit an der Oberfläche schrie. Einige baten um das Lösen der Fesseln, um die Möglichkeit zu haben, in die Bucht zu springen, den wundervollen Wesen entgegen zu tauchen und sich ihnen freiwillig zu unterwerfen.

Das eiserne Gitter ist längst verrostet, von Steinen und Muscheln gestützt, der Gang ist vergessen, die Schächte eingestürzt. Die Haie bleiben in der Bucht. Sie ziehen ihre immer gleichen, zeitlosen Kreise.

(1992)

Wassertiefenblau

Es ist da eine Sache, weswegen ich in kein Meer oder anderes Gewässer mehr steigen kann: ein Gedanke, kaum länger als der Bruch einer Sekunde.

Früher bin ich häufig getaucht, das wundert mich heute weniger, als das es mich erschrickt. In kindlicher Neugierde hielt ich die Luft an, solange es eben nur ging, um diese Welt reiner Bläue erst im letzten Moment wieder verlassen zu müssen. Was für ein Leichtsinn! Verrechnete ich mich nur um einige Meter in der Tiefe oder wenige Sekunden in der Länge und ich wäre gezwungen zu atmen, das Wasser zu atmen.

Aber das ist nicht der Grund, weswegen ich in kein Meer steige, denn inzwischen weiß ich: in solchen Dingen verrechne ich mich nie. Vielmehr fürchte ich unter Wasser ein Tier, mit dessen Gefährlichkeit sich kein anderes messen kann: es ist wendig, schnell, unberechenbar, immer da und heißt Ich.

In mir fremdem Tiefenblau würde das Tier voller Neugierde mit neuen Möglichkeiten spielen und sagen: du bist ein Fisch. Und ich wäre ein Fisch und atmete Wasser. Sehnte ich wieder den Menschen, wäre ich ertrunken, voll von Wasser und ohne Kiemen.

Natürlich, das Tier ist unberechenbar und könnte sich auch anders verhalten, nur ein wenig kenne ich seine Art: Es würde die Möglichkeit doch wenigstens irgendwann einmal ausprobieren wollen, und wenn es nur für den Bruch einer Sekunde ist, die Lungen auf immer mit Wasser zu füllen.

(1994)

Nacht und Reiter

*„Mit festem Griff packt Dahlmann das Messer, das er
vielleicht nicht einmal zu führen wissen wird, und
geht in die Ebene hinaus."*
(Jorge Luis Borges: „Der Süden")

Wer an einem Stein sitzt, nachts, in dieser einsamen Gegend, fragt sich der Reiter. Beide Gesichter bleiben im
Schatten der übergroßen Hüte. Das Pferd nähert sich dem
Sitzenden und der Reiter vergewissert sich wie gewohnt
seines Dolches. Als sie auf gleicher Höhe sind, wird der
Sitzende zu einem Stein, dem das Mondlicht in der hell-
blau gefärbten Ebene den Schatten eines Sitzenden wirft.
Ohne eine Miene zu verziehen, lacht der Reiter still über
seinen Irrtum.
Hinter der nächsten Wegbiegung wirft ein anderer Stein
einen ganz ähnlichen Schatten. Wieder erkennt der Reiter
es nicht gleich, lässt das Pferd sogar beinah neben dem
Stein halten. Dann treibt er das Tier weiter und kann
nicht lachen, vielleicht weil er den Schweiß des Pferdes
zwischen seinen Schenkeln spürt. Die Ebene ist voller
Steine und Felsen und als der Reiter den nächsten Sitzenden sieht sagt er laut: „Es ist ein Schatten", und erschrickt
über die unbedachte Bedeutung der Worte. Mit dem
Klang der Pferdehufe vermischt sich die Erinnerung an
eine viel frühere Ermahnung seines Großvaters: „Wer in
der Sierra die Nachtschatten sieht, darf ihnen keine Auf-
merksamkeit schenken." Diesen Aberglauben abzuschüt-
teln und seiner aufkommenden Angst entgegenzutreten,
hält er am nächsten Schatten und spricht mit fester Stimme ins Leere: „Was willst du von mir?" Aus dem Schatten erhebt sich ein Mann, sagt: „Du hättest nicht anhalten
sollen, Juan Carlos Dallmann", und ersticht ihn, bevor er
seinen Dolch ergreifen kann.

(1998, 2002)

Weggabelung

Lopez ist mit seiner Frau auf der Heimfahrt von der Stadt. Immergleiche Landstraße in der Dunkelheit. Mit einem Mal ist da ein grelles Licht, auf der Straße, um das Auto, in den Köpfen. Der Motor ist aus, das Licht verschwunden. Schweigend fahren sie nach Hause. Im Schlafzimmer verbietet Lopez seiner Frau, jemals wieder diesen Vorfall zu erwähnen. Die Frau wird schweigsamer. Das Ehepaar redet nur noch selten miteinander. Lopez verrichtet sein Tagwerk beharrlich. Abends geht er früh schlafen. Auf die Wochenendausflüge mit seinen Freunden verzichtet er immer häufiger. Als Señora Lopez ihren Mann erhängt im Schuppen findet, knüpft sie ihn ab, legt ihn ins Stroh und das Seil sorgfältig zusammen. Wegen ihrer Schweigsamkeit bekommt die Señora ein Zimmer in einem Heim. Alle vierzehn Tage besucht sie ihr einziger, längst erwachsener und kinderloser Sohn. Am fünfundzwanzigsten Oktober wird er von einem Blitz erschlagen. Äußerlich gelassen nimmt sie den Tod ihres Sohnes auf. Siebzehn Jahre später verstirbt sie. In ihrem Nachlass findet man Bilder von überraschender Schönheit. Als Lopez den Motor wieder anlässt, tragen sie ein klares Bild der Erscheinung in sich. Ihre Enkel möchten die Geschichte immer wieder erzählt haben. Besonders die Großmutter versteht es, sie in prächtigen Farben auszumalen, einem Gemälde gleich.

(1992)

altern

Gesichter von einem Gestern
tauchen morgen jünger auf.
Das eigene Antlitz verlor sich
die Bedeutung und ist nicht mehr
das eigene, sondern das
die anderen sehen. Was anderes sahen
die Gesichter gestern als
sie heute sehen?

(1998)

Treppen steigen

Die Treppe kommt dir entgegen,
folgst du ihr den Weg nach oben.
Doch nie erwarte von einer Treppe,
dass sie für dich die Schritte tut.

(1998)

verzweifelt

Weiße Schwalben schlagen klar
In schwarze Spiegel hoher Scheiben
Fallen auf die Dielen lautlos nieder
Und durch´s Fenster bricht die Nacht,
Hüllt mich ein in Vogelleichen

(1992)

verirrt

Ein Mann irrt in heiliger Hast über den Platz. Er sucht das Tempeltor zu erreichen. Der Tempel steht an einem anderen Platz, den er überquert als einziger in der überheißen Sonne. Niemand folgt ihm, die Stadt ist leer, die Götter fort, die Mauern eingefallen. Fernab sengt die Stadt im Staub. Der Mann? Er weiß nicht, wer er ist.

(1992)

Blattgold

Wem ich mir mich ist
Kennt nie einer keiner
Außer dem die Worte spricht:
Du als die wie eine
Beinah Hand von mir.

(1996)

Rosenbund

Diese Welt geht zuende, stirbt.
Die Rose im Garten widerspricht.

(1996)

Abendrot

Als ich den Kater auf den Arm nahm, bemerkte ich an seiner linken Seite eine männerhandlange Wunde, aus der mir das Blut über die Hand, durch die Finger auf den Leib blutrot pulsierte. Die Bauchdecke war aufgerissen und gab den Blick auf das Innere des Tieres frei. Immer wieder bemühte ich mich, den Spalt zu schließen, doch so oft er sich wieder öffnete, schien er nur noch größer geworden zu sein. Am Abend zwängte sich der Kater aus der Dachluke und zog eine Blutspur über die Dächer.

(1992)

Am Fenster

Von außen ist es ein Haus, von innen ein Raum, ein wenig beleuchtet, und darin sieht einer von draußen durch das Fenster: Drei Männer, die heimlich tanzen, und das ist ein Kreis durch Drehen. Der Betrachter kann das nicht verstehen, nennt es falsch und fürchtet sich. Später wird er sagen, ihn „trügen erhebliche Bedenken". Doch ist das gelogen und an diesem Fenster fragt ihn keiner, er darf nur immer weiter schauen. „Sie laufen rechtsherum, sie laufen linksherum, fassen sich an den Händen, hüpfen den Kreis und springen, dann schneller um sich selbst und in die Knie und immer noch drei und ein Kreis, der dreht, wie wird es mir ...", er steht, schon lange, so wird ihm still. Dann plötzlich: „Sie hören immer noch nicht auf!", da wird er laut und klopft und denkt „ein Fehler" an die Scheibe, stößt sie auf und brüllt hinein: „Hört auf mit dieser Schweinerei, immer nur im Kreis, mal so, mal so, das hat keinen Sinn, erreicht kein Ziel!"
Die Drei lachen heiter und tanzen weiter. Beschämt und etwas klüger schließt er das Fenster von draußen, dreht sich um und denkt und wiederholt auf seinem Weg: „Es hat keinen Sinn und auch kein Ziel. Kein Sinn und Ziel.", auf seinem ganzen Weg.

(1994)

Inszenierung vom 11. November

Am 23. März 1921 wird in einem kleinen Stadttheater ein schwieriges Stück mit einem ungewöhnlichen Text einstudiert. Alle Schauspieler haben großes Vergnügen an dieser Arbeit, daher gelingt die Erstaufführung sehr gut. Darüber hinaus können die Darsteller sich von mal zu mal verbessern. Die Qualität der Aufführung spricht sich in der Stadt herum, bald ist sie Wochen vorher ausverkauft. Allmählich werden die Schauspieler blasser, gleichwie die darzustellenden Personen, unterstützt von den Maskenbildnerinnen, an Konturen gewinnen. Nach einem Jahr gehen die Zuschauerzahlen aus nicht ersichtlichem Grund zurück. Das Stück soll abgesetzt werden, aber die Akteure weigern sich. Da die Einnahmen immer noch durchschnittlich sind, gibt die Theaterleitung nach. In den folgenden Vorstellungen tauchen an einigen Stellen Sätze auf, die nicht vorgesehen sind. Das fällt nur wenigen aufmerksamen Theatermitarbeitern auf, wohlwollend, denn die neuen Worte passen besser als die ursprünglichen in den Lautzusammenhang. Im Laufe der nächsten Wochen entstehen ganze Dialogpassagen neu. Die Schauspieler sind nur noch Schatten ihrer selbst, gleichzeitig sind sie auf der Bühne nicht zu übertreffen. Namenhafte Theater bemühen sich vergeblich, die Darsteller abzuwerben. Am 2. November 1928 ist kein Satz mehr mit denen des Urstückes identisch. Zuschauer, die das Stück nach einem Jahr ein zweites Mal sehen, glauben, es sei ein anderes, das vorherige noch übertreffend. Einige bemerken die melodische Einheit des Textes. Am 11. November 1928 bricht während einer Aufführung Feuer aus. Das Theater brennt bis auf die Grundmauern nieder. Die meisten Zuschauer können sich unverletzt retten. Die Schauspieler scheinen die Flammen nicht zu bemerken und führen ihre Dialoge fort.

(1992)

Ein einfaches Beispiel

Eine junge Frau schenkt einem jungen Mann eine Musik-kassette. Sie hat sich viel Zeit genommen und das Band in einer beinah Andacht zusammengestellt. Keine andere Musik bewegt sie mehr. Der junge Mann interessiert sich sehr für Musik, und es scheint ihr das beste und ein zartes Lockmittel.

Jedoch interessiert sich der junge Mann nicht für sie und tut daher auch die Musik als belanglos ab. Das sagt er ihr nicht. Er sieht sie auch nicht wieder.

Ein anderer junger Mann ist ein Freund des jungen Mannes. Nebenbei und weil er sie nicht braucht, schenkt der junge Mann dem anderen jungen Mann die Kassette. Die hört der erst später und allein. Dabei kommt er zum Tan-zen.

Der andere junge Mann geht häufig zu Tanzveranstaltun-gen und bewegt sich dort sehr viel. Um in die Stimmung dafür zu kommen, tanzt er Stunden vorher schon zuhau-se. Dieselbe Kassette hört er so auch zwei Jahre später. In dieser Nacht sieht die junge Frau den anderen jungen Mann auf einem Fest tanzen. Augenblicklich ist sie ver-liebt und gewinnt ihn noch in derselben Nacht.

Weder einzeln noch gemeinsam und nicht damals oder später haben beide oder einer von allen über diese Zu-sammenhänge etwas gewusst oder vermutet. Das hat nicht geschadet.

(1995)

Das Geheimnis der Katze

Die Knetmasse dient der Verformung. Die Knetmasse hat als Ziel ihre spätere Form. Eine ihrer besonders vorteilhaften Eigenschaften ist die Vorläufigkeit der immer wieder neu entstehenden Form. Alles Erknetete besitzt den Charme einer Momentaufnahme. Sei es, dass die Figur früher oder später stürzt und von Händen zu etwas Neuem geformt wird, oder dass ein phantasievoller Geist der bestehenden Form müde ist und sie in ein anderes Gebilde verändert. So ist die Form einer Knetmasse nie endgültig, gleichwie ihre Masse immer dieselbe ist.

Die Erziehung von Menschen ist durch die Hände vieler Eltern, Lehrer, Priester und scheinbarer Zufälligkeiten gegangen, und die Bibliotheken aller Länder sind voll von Gedanken über Methoden und Möglichkeiten der Erziehung. So manches Leben veränderte seine Form durch die Plötzlichkeit eines Gewitters oder Wirbelsturms zum entscheidenden Augenblick. Mancher Mensch wurde, ohne es auch nur zu ahnen, erzogen von der Katze, die ihm an irgendeinem Tag zugelaufen war. Jedenfalls fand Juan dies eine interessante Möglichkeit, denn seit Jahren war eine Katze mit ihm.

Dennoch war die Formung des Juan ganz maßgeblich eine andere: Seine Behausung hatte ihn erzogen.

Erst in diesem Häuschen war er von Juanito zu Juan gewachsen. Es war erbaut auf einer urzeitlichen Siedlung und war durchdrungen von mächtigen Geistern, mit denen zu leben, ihn zu immer mehr Tiefe gezwungen hatte. Durch die Wechselspiele der Kommunikation hatte Juanito auch zunehmend die Räume geformt, und war jetzt als Juan schon fast eins mit dem Häuschen. Und angesichts der fein gesponnenen Fäden durch und um und unter der Räumen war es kaum noch erstaunlich, dass die Katze an Juans Seite an dem Tag geboren worden war,

der die erste Nacht des Juanito in dem Häuschen bedeutete.

Die Behausung hatte Juanito zu der Knetmassenform
gemacht, die Juan war. Dieser Juan entschloss sich jetzt,
seine Form durch freien Fall zu ändern, denn er wollte
nicht enden als ein Häuschen. Selbst der besondere Garten vor dem Eingang konnte ihn daran nicht hindern. Den
Garten hatte die Masse, aus der Juan war, geschaffen mit
Hilfe von Sonne, Regen, Erde und Samen, und wenn
auch alles freier Fall war, blieb doch eines sicher: Gärten
konnte er immer und überall entstehen lassen.

(1998)

Das Maskenfest

„Es war ein zügellos wollüstliches Schauspiel, dieses Masken-
fest".
(E.A. Poe, „Die Maske des roten Todes")

„Wir alle applaudierten unter Tränen; es waren Götter, die
nach jahrhundertelanger Verbannung zurückkehrten. (...) Viel-
leicht aufgestachelt durch unseren Applaus brach einer, ich
weiß nicht mehr welcher, in ein siegreiches Gekräh aus, un-
glaublich schrill, mit einem Röcheln und Zischen darin. Von
diesem Moment an veränderten sich die Dinge."
(J.L. Borges, „Ragnarök")

Außerhalb der Mauern der Stadt die schläft
Steht einsam noch ein altes Haus
In dem schon lange niemand wohnt.
In Inneren nisten Falken.

Bald schon wird es neu bezogen
Der Garten von wildem Wuchs befreit
Die Wände glatt verputzt
Das Türmchen neu gemauert.
Dann gilt es dem jungen Erben
Der ohne Familie hierher kam
Das Haus mit Leben, Freude anzufüllen
Und er lädt den nahen Adel
Zum Maskenfest.

Ins Maskenfestgedränge mengen sich fremde
Gestalten
Unter die vom Herrn gelad'nen Gäste
Nur erkennen die sie nicht.

Ausgefallene Stoffe wie wechselnd' Amüsement
Beleben jetzt das Haus

Und ein schrilles Lachen
Dringt bis in den Park.
Frei von zwängen unt´rer Kreise
Ist der Umgang neugierig und heiter
Fremde Speisen und Getränke
Von leuchtenden Farben, überraschendem
                              Geschmack
Und süß die Luft verdichtende Tabaksorten
Schenken dem koketten Spiel
Einen neuen Reiz.
In den hohen Scheiben
Sieht man von außen die Silhouetten
Beim Geplauder sich verschmelzen
Und die Schatten der die tanzen
Sind nicht mit Augen mehr zu trennen.
Das flackernde Licht der Fackeln, Kerzen
Beleuchtet im wirren Drehen
Eine helle Schulter, freien Rücken
Auch sind die Gewänder kaum noch streng
                              geschnürt.
Und wiewohl man alles neugierig beäugt
Scheint keiner die Fremden zu bemerken
Deren ernste Stille an diesem Ort nicht passt.
Regungslos wartet hier die Katze
Dort der Schakal, ein anderer als Vogel
Hinter scharfen Schnabels Maske leerer Blick.

Flüchtige vom Wind zerriss´ne Wolken
Verdunkeln des matten Mondes Scheibe
Und der Sterne neue Ordnung
Ist am finst´ren Himmel festgenagelt
Im Garten bricht ein morscher Ast
Vom Sturm der plötzlich endet.
Nun beherrscht das Fest die Nacht.

Den Gästen wird es anders

Dreht's sich doch im Kreis
Im ein und and'rem Auge ist ein Funkeln
Ganz von einem düster'm Ursprung her.
Das vorangegang'ne Leben wird sehr fern
Verblasst gleich einem vagen Traum
Dessen Tugenden und sanfte Wünsche
Einem Anderen zugehörig scheinen.

Die kleinen Gruppen nackter Leiber
Tragen nur noch Masken
Lecken schlecht gewaschene Geschlechter
Benutzen sich durchs Maul
Wissen kaum noch um ihr Sein
Kennen nur die kalte Lust
Zu der ihnen alles nunmehr Speise wird
So sie fressen Fäkalien voll von Gier
Geifern immer noch nach mehr
Niemals zu befriedigende Masse
Schwitzend Schweißes Wust.
Versklavt vom Rausch der Sinne
Wollen sie bald Blut.

Außerhalb der Gruppen
Wächst die Zahl der Fremden
Bis die Neun beisammen sind
Achten auf das Stöhnen, Winden.

Kerzen brennen nicht nach unten
Die Nacht schreitet kaum voran
Den Menschen wird es immer ärger
Verwunden und sehnen sich nach Qual.
Die Fremden brechen dann ihr Schweigen
Vergaßen nicht ihr Fest
Und schreien schrill mit Worten
Die keiner sonst hier kennt.

Die eine junge Frau
Aus bestem Stand und fast noch keusch
Ist von allen grob bestiegen
Und hat es kaum bemerkt
Verliert im Wahnsinn ihre Maske
Zerkratzt sich stumm die Brüste
Bricht dem Nächsten das Genick
(Jeder schreit nach mehr)
Und bald färbt sich der Marmor rot.

Die Lebenden benutzen dann die kalten Leichen
Zerreißen sie dabei mit stumpfen Zähnen
Beraubt des göttlichen Geschenks, der Seele
Beherrscht sie nun ihr dumpfer Geist
Und mit willenlos verrenkten Gliedern
Sind sie der Menschen hässlichster Rest.
Die Letzten richten sich im blöd geword'nen
                              Wüten selbst
Zerschmettern ihre Schädel an der Mauer Stein
Dieses einen Hauses außerhalb der Stadt.

        *   *   *

Der Falke Horus
Erfand mir jenes Haus

Alexandro de Snofru, bekannt als Erbe von Otranto

(1992)

76

Inhalt:

Henrik Woelk wurde am 17. Juli 1968 in Reinbek geboren. Er studierte Anthropologie und lebt in Hamburg. 2002 veröffentlichte er die Kurztextsammlung „Dem Meister des Maßes".
© Henrik Woelk 2003